KB033497

검은 시의 목록

검은 시의 목록

안도현 엮음

엮은이의 말

시인은 본래 혼자 있는 것을 좋아하는 족속입니다. 사람이 많은 곳보다는 한적한 시골길에서 산책하는 걸 좋아합니다. 여럿이 모여서 목소리 높여 토론하기보다는 풀벌레 울음소리에 귀 기울이는 걸 좋아합니다. 친구를 만나는 건 반가운 일이지만 낯선 사람이 많으면 목소리를 낮추고 조용해집니다. 대개는 부끄럼이 많아서 남 앞에 나서는 걸 어려워합니다. 목소리 높여 자기 생각이 옳다고 주장하는 일이 드뭅니다. 글을 조금씩만 쓰기 때문인지 어디에 서명하는 일도 늘 조심스럽습니다. 30년 넘게 시인으로 살아오면서 주변의 동료들을 보고 느낀 점입니다.

그동안 소문으로 떠돌던 문화계 블랙리스트의 존재가 사실로 드러났습니다. 세월호 참사에 대한 정부 시행령 폐기를 촉구했다는 이유로, 시국선언을 했다는 이유로, 자신들과 다른 길을 걷는 정치인을 지지했다는 이유로 그 이름들을 모아 블랙리스트를 만들고 불이익을 주었다고 합니다. 블랙리스트에는 영화계·음악계·미술계·문학계 등 다양한 문화계 인사들이 포함되어 있었습니다. 이 땅에서 시를 쓰고 살아가는 이들의 이름도 블랙리스트에 들어 있었습니다.

말씀드렸다시피, 시인들은 부끄러움이 많아서 남 앞에 나서는 걸 어려워하고 큰 목소리를 내는 일이 많지 않습니다. 그럼에도 그들이 글을 쓰는 대신 거리로 나서고 시국선언에 동참하며 정부의 잘못된 점을 지적하였습니다. 어쩔 수 없었기 때문입니다. 도무지 참을 수가 없었기 때문입니다. 더 이상 가만히 있을 수 없었기 때문입니다. 그리고 그 일을 한 대가로 '블랙리스트'라는 멍에이자 자랑을 얻게 되었습니다.

이 책은 문화계 블랙리스트에 오른 시인들의 시를 모은 것입니다. 정치적인 색깔을 띤 작품들이 아니라 시인 각각의 개성이 잘 드러나는 99편의 시를 모았습니다. 누군가는 이들을 검은색 한 가지로 칠하려 했지만, 시인은 그리고 인간은 한 가지 색으로 칠하고 억압할 수 없다는 생각에서 그렇게 하였습니다. 작품을 한데 모아놓고 보니, 역시 이들은 검은색으로 묶을 만한 분들이 전혀 아니었습니다. 오히려 무지개처럼 다양한 색으로 빛나고 있었습니다. 그러니 저는 이들을 블랙리스트가 아니라 무지개리스트라고 부르는 게 옳겠다는 생각도 듭니다. 이 책의 제목을 '검은 시의 목록'으로 삼은 것은, 그러므로 여기 묶인 시들이 결코 '검은 시'가 아니라는 역설이기도 합니다.

독자 여러분들께서 찬찬히 읽어 보면 아실테지요. 이 책에 실린 시들은 시적으로 불온할지언정 결코 비겁하지 않습니다. 그저 따뜻하고 또 때때로 뜨거울 따름입니다. 이곳 시인들은 하나같이 아름다운 것을 사랑하고 여린 것을 아끼는 사람들입니다. 아프고 슬픈 이들의 어깨를 토닥여주며 함께 우는 사람들입니다. 세상에 존재하는 시인들이 모두 그렇습니다. 앞으로도 시인들이 고유한 색으로 깊어지고 아름다워졌으면 좋겠습니다. 시를 쓰지 못하게 만들고 책을 읽지 못하게 만드는 시대에서 우리가 함께 아파한다면 그 만큼 세상도 깊어지고 아름다워질 것입니다.

2017년 1월
안도현

차례

불빛을 위한 연습 I

비나이다 비나이다 꽃가지에 비나이다/비나이다 비나이다
풀잎 전에 비나이다/우리 살아 생전 꽃가지에 목메고 목메니

가끔 그 여자의 집을 찾아가네
문을 열고 들어서면 새까만 반팔 티셔쓰를 입은 그
여자
불빛 한 잔 출렁이는 쟁반을 들고 오네
그 여자 잔을 내려놓네
여행이란 여행길들
거기 와 모두 가방을 풀고
그림자란 그림자들
거기와 주춤주춤 잿빛 옷을 벗네

그 여자의 살빛은 분홍 불빛
닫힌 문을 밝히는 분홍 불빛

불빛이 꿈결같이 펄럭이는

큰 꽃 그림이 그려진 지평선 홑이불 같은

나, 그 여자의 집을 찾아가네

살빛이 호롱불처럼 익은 분홍인
그 여자의 분홍 살빛을 만져보러
순간 한 잔 출렁이는 쟁반을 들고 오는
그 여자의 분홍 팔 되어 영원의 속살을 만져보러

비나이다 비나이다 꽃가지에 비나이다/비나이다 비나이다
풀잎 전에 비나이다/우리 살아 생전 꽃가지에 목메고 목메니

강형철

뼈 주무르는 다리

노량진 지나 용산으로
그 한 많은 한강철교를 지나다 보면
온몸이 녹작지근해진다
아니 서서히 몸이 풀린다
챠드락 챠드락 나락 베는 소리와 함께
내 온몸의 뼈가 다시 맞춰지는 것이다
고향 텃밭에서 찾은 명아주와
학교 가던 산길에서 찾았던 산딸기 추억들이
다시 원경으로 사라지고
간판과 간판 사이 차와 차 사이
숨 가쁘게 달려가는 사람과 사람 사이
서로에게 적용되는 엄격하고 차가운 경쟁
이른바 자본주의 체제로 내 온몸은 재조정된다
간혹 졸면서 한강철교를 넘어도
서울역이나 용산역의 계단 앞에 서면
이미 자동으로 조정된 내 뼈는 늠름하다
만인의 만인을 향한
끝없는 투쟁 그 가련한 아수라 속으로
정밀하게 조정되어

우두둑 우두둑 소리를 낸다

파주에게

파주, 너를 생각하니까
임진강변으로 군대 갔던 아들 면회하고 오던 길이 생
각나는군
논바닥에서 모이를 줍던 철새들이 일제히 날아올라서
나를 비웃듯 철책선을 훌쩍 넘어가 버리던
그러더니 나를 놀리듯 철책선을 훌쩍 넘어오던
새떼들이 생각나는군
새떼들은 파주에서 일산도 와보고 개성도 가보겠지
거기만 가겠어
전라도 경상도를 거쳐 일본과 지나반도까지도 가겠지
거기만 가겠어
황해도 평안도를 거쳐 중국과 소련을 거쳐 유럽도 가
겠지
그러면서 비웃겠지 놀리겠지
저 한심한 바보들
자기 국토에 가시 철책을 두르고 있는 바보들
얼마나 아픈지
자기 허리에 가시 철책을 두르고 있어보라지
이러면서 새떼들은 세계만방에 소문 다 내겠지

파주, 너를 생각하니까

철책선 주변 들판에 철새들이 유난히 많은 이유를 알

겠군

자유를 보여주려는 단군할아버지의 기획이 아닐까?

하는 생각이 자꾸 드는군

김지혜

네 앞가슴에 달린
초록빛 손수건의 무지개보다
서툰 네 그림이 예쁘구나 지혜야
나이 여섯 초록미술학원생인 네가
무등산 기슭으로 야외 사생을 나왔을 때
속없는 아저씨는 너의 깔끔한 옷차림과
엄마의 외제 차를 보고 기분이 나빴단다
젊은 미술학원 여선생님은
너희에게 콜라와 생과자를 나눠주며
예쁜 꽃과 새와 나비를 그리게 하고
너희들이 그림을 그려가기 시작했을 때
북한 어린이라고 꽃글씨로 쓰여진 버스를 타고
무등산을 올라가는 아이들을 그린
너의 그림을 보고 나는 놀랐다
처음 본 내게 너는 말해주었지
엄마가 그러는데 북한도 옛날에는 우리나라였대요
북한 사람이랑 남한 사람이랑 행복하게 살았대요
나는 북한 어린이랑 친구가 되고파요
너의 말이 어느 장군이나 정치가의 말보다

더욱 아프고 아름답게 내 살속에 꽂히는 것을 느끼며
나는 네가 그린 빛나고 황홀한 국토의 꿈으로
별이 뜨는 무등산록을 홀로 헤맸다

나의 형식

나는 나로써
어제
어제의 사람

어릴 적 골목에서 만난 개
질이 튀어나온 채 복판에 앉아 있었어요 무서워서 지
나가지 못했죠
개는 아팠던 것뿐인데 난 뭐가 무서웠던 걸까요 지는
만날 튀어나오는 주제에

네모 다음에 세모
다음은 평행 우주

애써 꾸민 형식보다는 볼 수 없는 것들이 좋아요
읽을 수 있는 말이란 결국 내 수준의 것
유치 무모 비겁한 것들
예수 정도는 서른 번 모른다 할 수 있어요

폼을 재고 있는 사람의 폼

약통이 열리고
크기가 다른 알약이 쏟아져 나오면

너머를 보여주세요
이를테면
내장이라든가
말 못하는 동물이 보내던 눈빛
아픔을 호소하거나 두려워하는 감정
감정 너머에 생
살아 있다는 감각

우리의 내용은 같을지 모르지만
목 뒤에 새겨진 글자가 다르고

이번 형식을 뭐라고 부를까요
질탈
절단
무식함과 유치함
동물인 내가

누군가에게 보내는 눈빛
사랑도 도움도 요청하지 않고
작렬하는 한복판에 앉아 있겠어요
무서워 말고 지나가세요

방금 전의 나는
시간을 후회할 줄 알며

한낮의 일이니까요

야옹야옹 쌓이는

낡은 문장의 날들이 눈에 덮이고
비로소 밤이 전생처럼 고요해지면
고양이 영혼들이 줄지어 골목으로 모여들었네
사뿐사뿐 발걸음마다 꽃무늬가 찍혀서
눈길은 온통 향기로 채워졌다네
응달을 지키고 서 있던 눈사람은 이때
발바닥이 시린 고양이들을 위해
눈송이 긁어모아 모닥불을 피워두었는데
영혼이 쬐기에 가장 알맞은 온도
어떤 고양이는 잘려 나간 발까지 따뜻해져서
더는 절뚝거리지 않아도 되었다네
지난 생의 못다 한 대화가 깊어질수록
눈빛을 받아먹으며 눈발은 굵어지고
비밀스런 전설이 발톱처럼 자라기도 했다네
담장 가득 이야기를 받아 적느라
가로등은 눈 한번 깜빡일 수가 없다네
아주 가끔 성에꽃 핀 창문을 열고
풍경을 몰래 훔쳐보는 자가 있는데
오드 아이가 되어 남은 생을 살게 된다네

고양이들 혀끝의 울음이 끝날 때까지
야옹 야아옹 눈은 그치지 않는다네

천사는 어떻게

천사는 어떻게 우는가 살았는지
죽었는지 우리가 쏟아진 얼굴을
미처 쓸어 담지 못하고 우물만
쭈물만 거려 거리고 있을 때
금 간 담벼락에나 우리의 심장이
가까스로 숨어만 들어 들고 숨이
숨이 수숨이 헐떡 헐헐떡 헐떡만
대는 개의 혓바닥에서처럼 토해져
나올 때 뜨거울 때 뜨거워도
마지막 표정은 기억나지 않고
마지막 눈빛이 마지막 발음이
마지막 목소리가 마지막 풍경이
마지막 당신이 발 없는 바람이
무수히 발자국을 찍어 바람의 행방
도무지 알 수 없고 주름도 없이
구름은 마지막 짠 먼지들을 끌어
올리는데 기억은 나지도 전혀 않고
마지막이라고 말할 때 마지막
입술의 녹청이 이마의 서늘함과

눈꺼풀의 떨림이 온전한 얼굴도 없이
헤아릴 수 없는 저녁의 모든 모음들
죄 관절이 꺾이는데 허여 허옇게만
그만 흐너지고 흩어만 지고 모음들
골목의 어느 창문에도 입김조차
불지 못하는데 아직 다 쏟아지지 않은
얼굴 간신히 손으로 가린 채 죽었는지
살았는지 천사는 천사 천사 천천사는
어떻게 우는가 어떻게, 살아, 나나

야생

환하고 넓은 길 뒤 골목에
갈라지면서 점점 좁아지는 골목에
어둠과 틈과 엄폐물이 풍부한 곳에
고양이는 있다.

좁을수록 호기심이 일어나는 곳에
들어갈 수 없어서 더 들어가고 싶은 틈에
고양이는 있다.
막 액체가 되려는 탄력과 유연성이 있다.

웅크리면 바로 어둠이 되는 곳에
소리만 있고 몸은 없는 곳에
고양이는 있다.

단단한 바닥이 꿈틀거리는 곳에
종이박스와 비닐봉투가 솟아오르는 곳에
고양이는 있다.

작고 빠른 다리가 막 달아나려는 순간에

눈이 달린 어둠은 있다.
다리와 날개를 덮치는 발톱은 있다.

찢어진 쓰레기봉투와 악취 사이에
꿈지럭거림과 부스럭거리는 소리 사이에
겁 많은 눈 더러운 발톱은 있다.

바퀴와 도로 사이
보이지 않는 속도의 틈새를 빠져나가려다
터지고 납작해지는 곳에
고양이는 있다.

내 등이 너무 멀다

새벽에 잠이 깨었는데 등이 가렵다
양손을 이리저리 더듬거리니 겨우 가려운 곳에 손이
닿았다

내가 내 등을 긁는 마음으로
저녁까지 옥수수밭을 맸다

자려고 누웠는데 등이 가렵다
양손을 이리저리 휘둘러도 가려운 곳에 닿지 않는다

내 등이 너무 멀다

하루 땅에 엎드린 공력이
내 등을 긁을 수 없는 불구의 몸으로 남는
장년의 저녁쯤

새벽에 깨어 가려운 등을 또 긁는다

나체어

‖ 잘 자요, 리아!

곡을 의뢰한 여자를 만나러 가는 길이었습니다.
몸이 물고기처럼 소리를 빨아들이길래
악보를 가슴으로 끌어당겼습니다.
음표들이 입 밖으로 방울방울
물이 나를 관통했고
곡이 유리에 막힌 듯 얼룩졌습니다.
집으로 돌아와 나의 부고를 알리듯
죽은 시인들의 주소를 찾아 시집을 부쳤습니다.
텅 빈 꽃 텅 빈 엄마 텅 빈
음악 속 침묵을 견뎌보려 방울방울
꽃에 물을 주고 귀를 대어보기도 했습니다.
기다림이 다한 날이었습니다.
나 없이 져버린 꽃은
떨어지는 별을 본 적이 없었습니다.
당신이 눈감는 순간
비에 젖은 고음이 병실을 가로질렀습니다.
지는 꽃은 바다를 잠재운다고 하셨죠.

운전석에 앉아 당신 이름을 반복해서 불렀습니다.
옆에 있는 것처럼 부르다
멀어지는 것처럼 부르다
흔적만 남은 것처럼 부르다 방울방울
차창이 젖어 와이퍼를 움직였습니다.
사실 난 딸이 쏜 장난감 총에 죽었습니다만
또다시 일어나 영혼처럼 살아야 했습니다.
비가 켜켜이 쌓이는 물속 같은 날이었습니다.
당신 마음을 벗기고 싶어 방울방울
당신 옷을 벗긴 후 눈이 멀게 되었습니다.
정적이 혼자일 수 없을 때마다 찾아들었고
내가 만든 노래의 코드는 결국 외우질 못했습니다.

‖ 그곳은 어떠한지

빈, 어제는 창가에서 종일 바다를 바라봤습니다. 어딘
가에서 커피 끓는 냄새가 났고 목에서는 피 맛이 사라지
지 않았습니다. 지고 있는 바다의 신음을 들은 적 있나

요. 작은 배 한 척이 모래 위에서 잠들어 있었습니다. 멀리 그림자 하나가 물속으로 뛰어들었고 파도가 잔잔해졌습니다. 수평선을 미끄러지던 바람은 세상을 흥미로워하던 소년의 눈동자를 키우고 있었습니다. 빈, 여기는 음악 속이었을까요. 사람들은 저마다의 입으로 침묵을 만들어냈습니다. 젖은 귀를 최대한 쫑긋거렸습니다. 텅 빈 나라에서…… 사람은 왜 죽어야 합니까. 건조한 나체를 그의 몸에 비빌 때면 내 살이 벗겨져 나갔습니다. 빈, 눈이 없던 당신은 나를 바라봤습니다. 이별을 잃어 사랑을 잃은 나에게 당신은 노래를 불러줬습니다. 소리 없는 음악이 피부로 스며들던 때 내가 음악에 흡수되고 있었습니다. 나를 품은 노래를 듣던 빈, 당신은 담담히 물이 흐르는 내 목선을 그렸습니다.

묻지 마 따지지 마

알고 있니 묻지도 따지지도 않고 이유 없이 칼을 휘두르는 자는 어느 별에서 떨어졌을까 불구덩이에서 튕겨져 나왔을까 방사선 뒤집어쓴 색깔 다른 피가 흐르는 걸까 허기를 채우러 떠도는지도 몰라 선택받아 태어나는 목숨이 아닌데 그래도 뒹구는 영혼이라고 꽃이 피지 않는 건 아닐 거야

무엇이 공포일까 욕심내지 않아도 끝도 없는 바닥으로 추락하는 삶이 공포일까 한창 일할 수 있는 나이에 불쑥 해고당하는 것이 공포일까 손가락에 쥐가 나고 발바닥이 부르트게 뛰어다니면서 수십 군데 이력서를 넣어도 취직 못하는 것이 공포일까 무차별적으로 칼을 쑤셔대는 행동이 공포일까 무차별적으로 광기를 휘둘러대는 사람이 공포일까 병수발 든 이 하나 없이 홀로 죽어가는 고독의 시간 그것이 공포일까

공포가 공포를 불러내고 공포 속에 미쳐 광장의 공포를 만들었겠지 눈에 보이는 공포보다 보이지 않는 공포에 짓눌려 묻지 마 따지지 마 그리고 찔러 우리는 가슴

은밀한 곳에서 동조하고 있는지도 몰라 두려움에 길들
여질수록 공포가 터져 불꽃 같은 반란이 솟구치기를 꿈
꾸는지도 몰라

　희망은 위험한 전염병 같은 것이어서 공포에 젖은 군
중은 광장으로 희망을 불러내지 못하지 군중이 불안할
수록 권력은 거대해지고 가난은 불편할 뿐 부끄러운 것
도 죄도 아니라지만 빚이 둥근 지구처럼 팽팽한 지금 살
아 있는 시간이 공포인데 그 공포의 가난은 범죄가 되었
는데 불안 속으로 태어날 아이에게 나는 어떻게 죽고 싶
었는지 말할 수 있을까

밤 기차

모두 고개를 옆으로 떨구고 잠들어 있다.
왁자하던 입구 쪽 사내들도
턱밑에 하나씩 그늘을 달고 묵묵히 건들거린다.
헤친 앞섶 사이로 런닝 목이 풀 죽은 배춧잎 같다.

조심히 통로를 지나 승무원 사내는
보는 이 없는 객실에 대고
꾸벅 절하고 간다.

가끔은 이런 식의 영원도 있나 몰라.
다만 흘러가는 길고 긴 여행.

기차 혼자 깨어서 간다.
얼비치는 불빛들 옆구리에 매달고
낙타처럼.

무화과 피는 먼 곳 어디
누군가 하나는 깨어 있을까.
기다리고 있을까 이 늙은 기차.

불가사의 —침대의 필요

그런 날 있잖습니까
거울을 보고 있는데
거울 속의 사람이
나를 물어뜯을 것처럼 으르렁거릴 때

그런 날은 열 일 제치고 침상을 정리합니다
날선 뼈들을 발라내 햇빛과 바람을 쏘이고
가장 좋은 침대보를 새로 씌우죠

이봐요, 여기로

거울 앞으로 가 거울 속의 사람을 마주 봅니다
거울 속으로 손을 뻗지 말고
여기서 손짓해 거울 밖으로
그를 꺼내야 합니다

어서 와요,

정성 다해 만져줘야 할 몸이

이쪽에 있습니다

김성규

나를 찾지 말아다오

창밖 나뭇가지는 주정뱅이처럼 손을 떤다
술 때문에 언젠가 나는 죽으리라
눈을 뜨니 방바닥에 내가 누워 있다 물을 찾아도 없고
수도꼭지에 입을 대고 먹는다

줄줄 얼굴에 물을 흘리며 운다 벌거벗은 채로
물을 먹으며 싱크대에 넘어진 술병을 본다
며칠을 잤나 마셨나 기억나지 않는다
기억나는 것은 술을 사러 나가던 일
비틀거리며 벽을 짚는다 머리에 물을 뒤집어쓴다
흘러내린 물이 장판에 닿고
돈이 없어 동전까지 털어간 일, 운다

처음 서울에 왔을 때 고시원으로 들어가던 날들
무엇을 위해, 운다, 폭설이 내린 날
월세를 떼먹고 도망치던 자취집, 애인과 뒹굴던 날
지하 전셋집으로 이사 오던 날, 술 취해
얻어맞던 날, 등단하던 날, 첫 시집 내고 파주에서
책을 받아오던 날 물을 줄줄 흘리듯 흘러

태어나고 자라고 생일날 자취방에서 어머니에게 전
화하던 날
  시 쓰겠다고 흘린 날짜들
  돌아갈 집이 없다는 것은 행복한가
  술에 빠져 탕진하던 세월 책 속엔
  수많은 길이 있고 내가 걸어간 길은 늪지로 가는 길
  집으로 가지 않기 위해 겉돌았던 수많은 골목

  싱크대로 흘러내리는 물을 뒤집어쓰며 이제 너희는
  나를 찾지 말아다오 어디로도 갈 수 없어
  누워 아무도 나를 들여다볼 수 없는 유리창
  유리창 밖에서 주정뱅이처럼 떠는 나무들,
  흘린 날들을 주워 담을 수 없는 것을 알고
  누워, 나무들에 인사한다 최선을 다해

마두금

고비사막의 저녁놀
낙타 눈썹에 바람이 고인다
무슨 연유에선지 어미는
새끼에게 젖을 물리지 않았다
다가서면 물러서고
다가서면 돌아섰다
새끼의 입에서 단내가 났다

말의 머리가 구슬프게 울었다
해금보다 무겁게
가야금보다 두텁게 울었다
얼마나 지났을까
어미 눈에서 떨어진 눈물이
사막의 발등을 적신다
새끼를 받아들인다
어린 눈에도 반짝 빛이 난다

일터에서 허리를 다쳐
옴짝달싹 못하는 지아비 두고

몇 해째 소식 없는 엄마
아무도 엄마 위해 울지 않았는지
기다림에 지친 어린 딸의 눈물은
더 이상 짜지 않다

바벨

파도는 죽은 입술들의 합만큼 거대한데
점점 사라지고 있는 무게와 두께들
그러나
기억으로부터 눈을 돌리는 기술들
기술을 사랑하는 기술들
이곳에서 우리는 낮고 나을 수 없고
더 낮게
최대한으로 평화롭게 불안에 떨 수밖에 없을 뿐
그뿐일까, 그것뿐일까 우리는 증오는
사람들의 다리를 부러뜨렸고
플래카드에는 머리를 맞대어 새로 발명한
의심을 망각하는 기술이 적혀 있고
그와 상관없이 머리를 맞대고 모여 앉아
호프와 쏘맥과 음탕을 즐기는 사이
우리는 그저 기술과 기법과 아방가르드를 사랑했을
뿐이었는데
폭삭, 우리는 귀신처럼 허옇게 눈발이 되어 쏟아져
아무도 믿지 않는 구원처럼
더 낮고

더 깊게 적재되어 간다
그것뿐일까, 우리가 말할 수 있는 현실은
우리는 어디로 실려 가고 있는지조차 모르니
지하철에서 쩌렁쩌렁,
목청만 남은 노인네처럼 쓰자
쓸 뿐 쓰다
죽을 뿐
영영 죽어갈 뿐

산까치 떼

마을 초입 발침모퉁이 건너편에 북의성IC가 새로 생
겼다

당진에서 동해안 영덕을 잇는 내륙고속도로 그 어디
쯤인가 보다

고향집 마당에서 쳐다보면 구름다리처럼 까마득히
높은 교량 위로

밤에는 반딧불이 같은 불빛이 지나간다

어릴 적, 달 밝은 밤에 먼저 국민학교 운동장을 열 바
퀴 돌고

거기까지 뛰어갔다 돌아오는 마라톤 놀이의 반환 이
정표였던

발침모퉁이 바위산도 새 길 내느라 깎여 사라지고

IC를 빠져나와 의성읍과 안동시내로 각각 휘돌아가는

고가도로 밑은 본래 장상네 복숭아밭과

산 골골이 물이 모여 그 밭을 감고 돌아가는 작은 개
울이었다

택호가 왜 일칠이 장상인지 몰라도

코끝에 주기(酒氣)가 배여 늘 딸기코를 한 키 작은
노인은

우리 셋째 외숙모님의 아버지였다
자기 키만 한 장죽대를 허리춤에 꽂고
봄날 도화꽃이 흐드러지게 핀
복숭아밭둑을 거닐던 것도 한 폭 그림이었지
아비가 죽자 자식들이 팔아넘겨 김 면장 댁 과수원으
로 바뀌었다
급사로 출발해 면서기가 됐다고 치윤이 김 서기 불렸
던 인자한 면장님
한 해는 우박을 맞아 폐농이 되기도 했고
까치 떼가 다 익은 열매를 쪼아 먹는다고
그 넓은 과수원을 그물로 덮어
멀리서는 마치 가을에도 눈이 온 것 같아 보이기도
했지
그 붉은 복숭아꽃 지고, 흰 사과꽃 지고
일칠이 장상 지고, 치윤이 김 서기 지고
새 고속도로를 보고도 별 말 없었을 속 깊은 내 아버
지도 지고
동네 사람 누구도 그 과수원에 눈길을 주지 않고
복숭아밭과 사과밭과 산까치 떼와 동네 조무래기들

이 없어지는 사이

　큰 황구렁이 꼬리 같은 고속도로 진입로가 마을 초입
을 휘감고 있네

　그 도로를 따라 묵은 동네 사람들이 다 어디론가 나
가고

　마을의 언어도 전설도 사라지고 있네

'

김수영문학관에서의 일일

도피가 필요한 날씨였다

액자 속 시인의 얼굴은 무표정
"은경 씨, 나중에 꼭 김수영문학상 타요"
누군가 진지한 톤으로 농을 했다

길쭉하게 네모난 창 앞에서
기념사진을 찍고
건물 앞 제라늄이 목숨 건 열애처럼 붉어
목이 탔다

커피와 팥빙수
뜨거운 것과 차가운 것
물과 기름이
지상의 냄비에서 한창 끓고 있었다

뜬금없이 비가 내렸다, 여름이니까
여긴 땅 위니까

그 저녁 찾아간
단골 곱창집은 문을 닫았고
순댓국집에서 소주를 부었다
그가 마지막으로 사주는 밥인 줄도 모르고

이번 생 펼쳐 든 차림표에는
내가 외쳐 부를 이름이 없다는 걸
미처 모르고

챙겨간 우산을 기어이 식당에 두고 왔다

전철을 탔다
부들부들 몸을 떨면서도 울지 않았다
5호선에도 6호선에도
종착역이 있는 게 다행이다 싶은
밤이었고

슬픔처럼 살며시 여름이 사라졌다*

* 에밀리 디킨슨의 시

젖무덤 전망 햇살 체

이야기가 죽음이라는 이야기로 내가 죽어간다.
병원에서. 이제는 공습이 공습을 낳지 않는다.
손톱으로 새긴 낙서가 손톱으로 새긴 낙서를
낳지 않는다. 낯설지, 누가 살다 죽었다는 말.
그런 일이 설마 있었을라고. …죽음도 생과
방식이 다를 뿐,
놀고먹지 않는다는 거.
죽음의 언어가 죽음의 언어를 낳고 그 언어가
다시 언어를 낳는 생물의
자연은 도처에 있다. 우린 그것을 반복해서 혹은
반복으로 오해만 할 수 있다. 간접
흡연이라는 거지. 마루 통유리창 오른쪽 구석
어깨가 심하게 굽은 우향(堎堉) 의자에 앉아
담배 태우면 창밖 시야가 더 좁은 오른쪽
구석으로 국한되고 덩달아 중력이 의자 밑
엉덩이로 국한된다.
이만하면 충분하다.
아파트 건물이 뭉텅 잘려 직사각형 날씬하고,
곤두선 그것을 그 아래 2차선 교통로가 설설설

달랜다. 자신이 직선인 것도 잊고.

그런 중간 허공에 주변을 온통 안개 속으로 만드는

신호등 있다. 낡은 상가 옥상에 버려진 가전제품,

전설보다 더 낡은 마법의 성 모양 유치원 건물.

주차장에 약간의 쓰레기. 아직 철거되지 않은 슬레

이트

지붕 동네 약간. 어설프게 허물고 어설프게

새로 올린 건물, 약간이라 족하다.

그 안에 나도 행인으로 오가고 가로수고 계절이고

그보다 더 큰 변화가 내 육안 능력 바깥에 있다.

그래. 축약이 아니지. 변화에 더하여

아래위도 없다. 마음이 마음을 어떻게 비우나,

비루가 비루를 어떻게 벗겠는가? 정신 혼미할수록

누군가가 누군가의 체로 되는 것이

무엇인가가 무엇인가의 체로 되는 것에

근접하기를 바라는 거다. 혹시

죽음처럼 밝은

햇살의 체 말이다.

무장투쟁

허무에 이르기 위해 스님들의 옷은 무채색이고
고요에 응전하기 위해 머리는 반드럽고 적막합니다
스님들은 잘 무장하였습니다

단순한 것만 보기 위해 맑아진 눈
넘어져도 깨지지 않기 위해 말랑한 머리
젖을 빨기 위해 볼 근육을 탱탱하게 한
아기들은 잘 무장하였습니다

뱀은 어깨를 말아 몸 안으로 넣고
일어선 천적들의 시선을 피해
다리를 피부에 납작하게 새겼습니다
독을 품고 가는 길 뱀은 잘 무장하였습니다

별은 반짝임으로 유서를 남기고
반짝임만으로 소리치고 웁니다
별의 반짝임은 어둠을 몰아내는 무기여서
별은 잘 무장하였습니다

문은 손잡이로 무장하였고

장미는 가시로

산새들은 부리를 갈아 뾰족한 노래를 부릅니다

도로는 중앙선으로 무장하였습니다

그리고

날카로운 세상 어울리지 않는 얘기지만

나는 무기가 시밖에 없다고 말하고 싶습니다

식구(食口)들에게는 참 면목 없는 무장이지만 말입
니다

Requiem, 세월호

아 세월호! 2014년 4월 15일 저녁 6시 30분 인천연안 터미널을 출발하여 제주로 향하던 청해진해운 소속 여객선 세월호는 4월 16일 오전 8시 50분경 전라남도 진도군 조도면 부근 해상 일명 맹골수도에서 전복된 후 4월 18일 완전히 침몰하였으며 탑승인원 476명 중 295명 사망하고 9명이 실종되었으며 제주로 수학여행을 떠난 경기도 안산시 소재 단원고등학교 261명의 죽음은 바다의 왕 포세이돈을 비롯하여 5대양 6대주 천지신명을 울리고 분노케 하였으니 304명 넋들을 천 길 바다 속으로 끌고 들어간 '세이렌의 노래'를 누가 불렀는가… 코리아의 한복판에서 난파당한 세월호!

1. 서녘바다, 304명의 와불

붉은 쇳덩어리 노을이 떨어진 바다
저 시퍼렇디 시퍼런 바다 속에 누워
파도를 토하는 304명의 와불(臥佛)들!
그들이 뿌리에서부터 일어나고 있다
산 자들과 죽은 자들 세상 바꾸려고,

2. 다시라기

던져라 꽃
던져라 술 던져라 밥
서녘바다 저 바다에

퍼렇다 떼죽음 당한 시간
퍼어렇다 떼죽음 당한 파도
떼죽음 당한 불두화 향기

떼죽음 당한 싯다르타
떼죽음 당한 사람의 아들
떼죽음 당한 하늘과 땅

한 마리 새가 죽으면
밤하늘 별들도 눈을 감고
한 송이 백합꽃이 꺾이면
세상의 모든 꽃들도 시들고

떼죽음 당한
사랑과 사랑의 실체
304명의 심장, 영혼들아
밥을 뿌리면 밥에 붙어서
술을 뿌리면 술에 붙어서
꽃을 뿌리면 꽃에 붙어서

바닷길 닦으면 오라
황천길 닦으면 촛불 밝혀
오라 강강술래로 오거라
둥근 달 앞세우고

우리 새끼들 일으켜 세우세
이승에서 죽으면 저승에서 살리고
저승에서 죽으면 이승에서 살리고
보내세
젊은 청춘들 좋은 세상으로!
배 가득히 법고(法鼓) 운판(雲版) 목어(木魚) 실어서 둥둥 북 울려 보내세 두둥실 멀리!

오메 그리하여 우흐흐—
누가 칼을 들어 불을 들어
온다! 온다! 온다! 오고 있네!
이 땅의 우리가 저들을 버렸음으로
또다시 저들을 바다에 밀어 넣을지 몰라

던져라 꽃
던져라 술 던져라 밥
서녘 바다 저 바다에
퍼렇다 떼죽음 당한 시간
퍼어렇다 떼죽음 당한 파도
떼죽음 당한 불두화 향기

떼죽음 당한 싯다르타
떼죽음 당한 사람의 아들
떼죽음 당한 하늘과 땅
한 마리 새가 죽으면

밤하늘 별들도 눈을 감고
한 송이 백합꽃이 꺾이면
세상의 모든 꽃들도 시들고

떼죽음 당한
사랑과 사랑의 실체
304명의 심장, 영혼들아

밥을 뿌리면 밥에 붙어라
술을 뿌리면 술에 붙어라
꽃을 뿌리면 꽃에 붙어서
어서 오라 어서 오라
저 바다 위에 배를 띄우고
춤을 추어라 별들의 춤을!!

* 다시라기 : 죽은 넋들이 잘 가도록 저승길을 환하게 닦아주는 제의(祭
儀)로, '죽음'을 오히려 신원(伸冤) · 해원(解冤)의 기쁨으로 승화 · 지
양(止揚)시키는 일종의 축제 형식을 가진 레퀴엠, '씻김굿(죽은 자와
산 자를 동시에 역동적으로 위무한다)'으로 예로부터 한반도 남녘 진
도 · 해남 지역에서 널리 행해져왔다.

김중일

우리의 얼굴

우리의 얼굴을 이야기하려면
등을 이야기 안 할 수 없겠습니다.
뒤돌아서서 멀어져가는 상대의 등을
응시할 때,
우리의 얼굴은 비로소 완전히
정직해지기 때문입니다.
우리의 얼굴이 이 계절 한 장의 잎이라면
그 뿌리는 두 다리도 배꼽도 가슴도 아니라
등에 묻혀 있습니다.
등에 뿌리내리고 있습니다. 언제나 나는
돌아가는 내 등을 바라보는 너의 솔직한 얼굴이
궁금했습니다. 너의 첫 눈빛은
내 등 위로 홀씨처럼 날아와
내 등 속에 뿌리내리고
내 목을 곧게 뻗어 올려
내 얼굴을 피우고 표정을 뿜어냈지요.
내 얼굴 위에 벌과 나비와
마땅한 이름 없는 날벌레처럼
눈 코 입 귀가 날아와 앉았습니다.

그리고 잠시, 사람의 시간으로는 평생을
앉았다가 날아갑니다.
눈 코 입 귀가 날아가는 곳은
길섶 철쭉 같은 불길 속입니다.
내 얇은 얼굴로는 다 못 받은 너의 슬픔이
번번이 넘칠 때마다
우리는 등을 맞대고 울었습니다.
울컥 흘러넘친 얼굴을 들키고 싶지 않아
대신 등을 얼굴처럼 맞대고 비비며 울었습니다.
사월이 지나면
너의 눈빛이 피운 내 얼굴도 어둡게 저물 것입니다.

반집

집을 둔다
둘이 집의 곁에 집을 둔다
서로의 경계를 허물어가며
자기의 경계를 비워가며
집을 두고 허물고 둔다
집은 가만히 있기도 하고 싸우기도 한다
다만 도시는 되지 않는다
그냥 두고만 있지는 않다
미세하게 집은 비워지며 변한다
집을 두는 일이 좋은 수가 되고
집들이 되고
어느덧 집으로 가지런히 읽힌다
돌을 두는 손끝이
손을 떠난 돌들이
서로의 곁에서 멈추면
집이 비듯 손이 빈다
그리고 둘은 집을 세기 시작한다
이때 사람이 집을 부르는 말 중
가장 아름다운 말이 승패를 가르기도 한다

인간의 도시에는 세울 수 없는 집
반집이 그것이다.

내가 대통령이, 라면

뺑뺑이를 돌려 내가 대통령이 된다면, 큰일은 절대 하지 않으리. 지구가 한 번만 몸부림치면 속절없이 무너져 깔릴 바벨탑 같은 건 쌓지도 않으리. 100층짜리 건물을 올린다거나 바다를 메워 땅을 만든다거나 강을 산으로 옮긴다거나 길이 남을 위대한 업적조차 쌓지 않으리. 돈으로 계산할 수 없는 정든 추억 같은 건 함부로 허물지 않고 억조창생 이어온 목숨들 억울하게 쫓아내지 않으리라. 물길은 물길대로 산길은 산길대로 그냥 내버려두는 천하태평 헐렁한 대통령이 되리라. 그렇다고 연봉이 억대인데 내가 출근을 안 하면 되나요? (관저에서 걸어서 5분 거리라던데 … 집무실에 나오기가 그렇게 어렵답니까?)

내가 대통령이, 라면, 부수고 헐고 쌓느라 강가에 모래알만큼 많은 돈, 일자리 찾아 헤매느라 발 부르튼 자들에게 나눠주리. 환자와 아이들은 결단코 지하셋방에 살게 하지 않으리. 등치고 속이고 빼앗아 피라미드처럼 쌓인 눈먼 돈, 국고로 환수하여 만인에게 기본소득을 보장하리. 아이나 노인이나 부자나 가난뱅이나 목숨 줄은 하나! 하나의 위, 하나의 심장에 똑같은 생존권을!

제비뽑기를 해서 내가 만약 대통령이 된다면, 목을 세운 제복 대신 헐렁한 츄리닝 입고 아이들과 뒹굴리라. 들로 밭으로 함께 쏘다니다, 가만히 누워 하늘을 올려다보게. 이슬 한 방울 바람이 흔드는 쑥잎 하나 가만히 들여다보게 하리라. 쑥부쟁이 개미가 되고 흙이 되고 하늘이 되고 야생 고양이 되어 바람의 영혼으로 흔들리게 하리라. 억 소리 나는 말 대신, 공짜인 두 발로 세상을 뛰어다니게 하리. 이 산 저 산 쏘다니며 천 그루 만 그루 나무를 심고, 이 들 저 들 달리며 백만 송이 꽃씨 뿌리면, 그 꽃씨 자라 백만 송이 백만 송이 꽃을 피우면, 비산비야 방초 우거진 땅도 거저 빌려주리. (대통령도 사람이라던데 … 사람을 만나기가 그렇게 어려웠습니까?)

내가 대통령이, 라면, 지천으로 돋아 음식이 되고 보약이 되는 개망초 명아주 마타리 하늘타리 소리쟁이 박주가리 닭의장풀 저마다 좋아하는 백 가지 나무와 풀 약효까지 익히면 과학 점수는 후히 주리. 꽃 풀 구름 바람 몇 개 엮어 시랍시고 끄적거리면 국어도 아주 조금 올려주라 하리. 폐가에 짚 이겨 흙 바르고 뚫린 데 막으면 기술 점수도 올려주고, 재고 자르고 이어 붙이느라 기하와 도형도 좀 했으니, 미적분 아리까리해도 수학도 덤으로 올려주리라.

복권 추첨하듯 화살을 쏘아 혹시 내가 대통령이 된다면, 잔머리 같은 건 도통 굴리지 않으리. 제법 배웠다는 것들이 나라를 이 지경 만들었으니, 배는 부르고 심장은 부지런하고 팔다리는 튼튼하게 하리. 꽤나 가졌다는 것들이 이 모양 만들었으니, 지금이라도 거꾸로 가 보자고, 건드리지 말고 그냥 놔두게 하자고. 작은 것을 쪼갠다거나 큰 것을 합친다거나 떨어져 있는 핵을 융합한다거나 붙어 있는 원자를 쪼갠다거나 수정란 도려내 줄기세포를 배양하는 구역질나는 짓은 시키지 않고, 복제한 영생불멸의 꿈 같은 건 아예 꿈꾸지 않으리라. 있는 대로 내버려 두리. 스스로 제 길 만들며 수억 년 흘러온 물처럼, 저마다 제 생긴 대로 꽃피우게 하리. (내 얼굴, 내 강산인데 … 있는 그대로 두고 보기가 그렇게 힘들었습니까?)

해피 뉴 이어

케이크처럼 우리는 모여 있다. 우리가 너무 가까워서 우리 사이를 지나갈 수 있는 것은 칼뿐이라는 듯이

우리는 단면을 드러내고 있다. 크게 웃을 때 보이는 가지런한 치아처럼 우리는 나란히 늘어서 있다. 우리는 기다리고 있다. 벽시계를 올려다보며 이제 우리는 똑같은 입 모양으로 동시에 지를 비명소리를…… 아 아 아 아 잠에서 깨기 위해 기지개를 켜듯

준비하자! 이 세계에는 도화선처럼 점점 짧아지는 무언가가 있다! 곧 끝이 무엇인지 보여주겠다는 듯이

카운트다운이 시작되었다. 갑자기 푸른 스크린이 지지직거리더니 치마저고리를 입은 대통령이 나타나서 척결(剔抉)! 척결(剔抉)! 척결(剔抉)!을 고창했다.

형들의 사랑

그들은 서로를 사랑하지 않습니다
죽은 생선을 구워 먹고
살아남기도 하는 사이니까요

허나
형들의 사랑을 사랑이 아니라고 말하지 말아요

그들의 인생이 또한
겨울이 오면 눈사람을 만들고
눈싸움을 하는 것이며

그들의 인생이 또한
영혼의 궁둥이에 붙은 낙엽을 떼어주는 것이며

그들의 인생이 또한
자식새끼 키워봤자 아무짝에도 쓸모없다
속 깊은 것이기 때문이지요

하느님

형들의 사랑을 보세요

점심에 하기 싫으면 저녁 먹고 하자
당신에게 말하고 노래하며
살구를 씻었습니다
기다려 내 몸을 둘러싼 안개 헤치고
투명한 모습으로 네 앞에 설 때까지
살구를 깨물고
상자 속에서 튀어나온 아내라는 시를 윤문하였습니다
여름비 잠시 멈춤
어제 본 아내의 내면은 주먹과 보자기
아내는 미나리과에 속하는 얼굴로 창가에 앉아 담배
를 피웠습니다

살구씨를 한쪽에 모아 놓고
그들은 과연 하였습니다
밤마다 꿈속으로 가는 아내의
관자놀이에 거머리 여러 마리를 놓아 꿈을 빨게 하
였습니다

인생은 어쨌든
끝과 시작
형들의 슬픔은 점점 커지고 배가 나오고
형들의 기쁨은 점점 넓어집니다 머리가 빠지지요

그들은 21세기
그들은 조선시대에 있습니다
숯불을 사용하고
돼지고기를 익혀 먹고
푸른 군락이라는 방식에 엎드려 있고
그런 생활사 속에서
헛수고를 물리치고
각자의 이불 속에서
역사적인 순간에 대하여 생각합니다
물러나십시오
광화문에서, 금남로에서, LA한인타운에서
옆 사람의 꿈나라
우리들의 천국

주저앉고 싶은 유혹도 많지만
존경과 사랑을 담아
등을 돌리고
들어 봐
아내가 믿는 하느님의 나라는
미나리 한 상자
들어봐
시에 길라임을 넣어야겠어

그들은 서로를 사회합니다
겨울은 촛불잔치
영혼의 대자보는 떨어져 나가도
없는 자식인 셈 치고
시간을 설득합니다
안개를 헤치고 먹고사는 노부모처럼
또한 그들의 투쟁이
살구 한 알에서부터 시작되고요

하느님

형들의 사랑을 보세요

허나
형들의 사랑을 사랑이 아니라고 말하지 말아요

시간의 물살 위에서

모두 가버렸어
이른 봄, 이른 아침, 이른 가지들까지
여린 새싹도 잠깬 나비도
뒤에 두고 단숨에 내달려 버렸어

누가 이곳에서 꽃을 피우다 말았는지
나무들은 그 밤 왜 몸살을 앓았는지

폭염 속 매미들이 경전을 외는 동안에도
학생들은 수장된 파도 위를 우우 야유하고
살인범은 바람처럼 도시를 지배하고
군인들은 날마다 전쟁 준비를 하고

너무 낯선 시간의 물결
광장을 가득 메운 탄핵의 발자국도
사드 배치에 반대하던 당신의 기도 소리도
희미한 우주의 나이테를 그리며
하나의 원 속으로 동동 떠내려가서

어디쯤 멈출지 나는 모르지
무엇이 여기까지 왔는지
무엇이 더 뻗어가지 못하고
남은 허공을 그리워하는지

그리고 다시 꽃이 잠든 저녁처럼
밤이, 하늘이, 겨울이
말없이 내 곁을 떠나는 걸 보네

파일명 〈서정시〉*

그들은 〈서정시〉라는 파일 속에 그를 가두었다
서정시마저 불온한 것으로 믿으려 했기에

파일에는 가령 이런 것들이 들어 있었을 것이다

머리카락 한 줌
손톱 몇 조각
한쪽 귀퉁이가 해진 손수건
체크무늬 재킷 한 벌
낡은 가죽가방과 몇 권의 책
스푼과 포크
고치다 만 원고 뭉치
은테 안경과 초록색 안경집
침묵 한 병
숲에서 주워온 나뭇잎 몇 개

붕대에 남은 체취는 유리병에 밀봉되고
그를 이루던 모든 것이 〈서정시〉 속에 들어 있었을
것이다

물론 그의 서정시들과 함께

그들은 이런 것조차 기록해 두었을 것이다

화단에 심은 알뿌리가 무엇인지
다른 나라에서 온 편지가 몇 통인지
숲에서 지빠귀와 어떤 대화를 나누었는지
옷자락에 잠든 나방 한 마리를 어떻게 바라보았는지
하루에 물을 몇 통이나 길었는지
쟈스민 차를 누구와 마셨는지
도서관에서 어떤 책을 대출받았는지
강의시간에 학생들과 어떤 말을 주고받았는지
저물 무렵 오솔길을 걷다가 왜 걸음을 멈추었는지
차로 국경을 넘으며 어떤 표정을 지었는지

이 사랑의 나날 중에 대체 무엇이 불온하단 말인가

그들이 두려워한 것은
그가 사람의 마음을 열 수 있는 말을 가졌다는 것

마음의 뿌리를 돌보며 살았다는 것
자물쇠 고치는 노역에도
시 쓰는 일을 멈추지 않았다는 것

파일명 〈서정시〉에서 풀려난
서정시들은 이제 햇빛을 받으며 고요히 반짝인다

그의 생애를 견뎌온 문장들 사이로
한 사람이 걸어 나온다, 맨발로, 그림자조차 걸치지
않고

* Deckname 'Lyrik' : 구동독 정보국이 시인 라이너 쿤체에 대해 수
  집한 자료집.

풀잎의 기도

기도를 하지 못하는 날이 길어지자
풀잎들이 대신 기도를 하였다
나 대신 고해를 하는 풀잎의 허리 위를
부드러운 손길로 쓰다듬던 바람은
낮은 음으로 성가를 불러주었고
바람의 성가를 따라 부르던
느티나무 성가대의 화음에
눈을 감고 가만히 동참하였을 뿐
주일에도 성당에 나가지 못했다
나는 세속의 길과
구도의 길이 크게 다르지 않다고 말했지만
사람들은 믿으려 하지 않았다
원수와도 하루에 몇 번씩 악수하고
나란히 회의장에 앉아 있는 날이 있었다
그들이 믿는 신과 내가 의지하는 신이
같은 분이라는 걸 확인하고는 침묵했다
일찍 깬 새들이 나 대신 새벽미사에 다녀오고
저녁기도 시간에는 풀벌레들이 대신
복음서를 읽는 동안

나는 악취가 진동하는 곳에서 논쟁을 하거나
썩은 물 위에 몇 방울의 석간수를 흘려보내기 위해
허리를 구부렸다
그때도 오체투지를 하고 있는 풀들을 보았다
풀들은 말없이 기도만 하였다
풀잎들이 나 대신 기도를 하였다

83퍼센트를 위하여

모나리자의 얼굴에 나타난 행복감은 83퍼센트
혐오감은 9퍼센트
두려움은 6퍼센트
분노는 2퍼센트

전문가들은
모나리자가 오묘하고 행복한 미소를 띠는 것은
행복감만이 아니라
혐오감과 두려움과 분노가 있기 때문이라고 하는데

나는 2퍼센트에 기운다

혐오감을 간식으로 먹어 치우거나
두려움을 강물에 흘려보내거나
행복감을 관념으로 찬양하지 않으려는 것이다

나는 바람 부는 날을 일기로 쓰는 것을 넘으려고
현재진행형으로 투표하는 것을 넘으려고
광장으로 간다

많은 것을 배우고도 어리석은 자가 되지 않으려고
나의 절감분을 찾으려는 것이다

돌멩이 같은 분노를 집어던져
울타리에 갇힌 나의 행복을 깨우려는 것이다

쌍문역에서

두 문이 있었다는 것이다
입구에서는 험악한 사내들에게 조리돌림을 당했고
마침내 김 선생은 출구 쪽으로 누운 채로 걸어오셨다

불신만큼 깊은 종교가 없었다
죄는 끝끝내 교환가치가 없었다
교환할 수 없음에 절망할 때까지

흔히들 보았다
고문 기술자나 깡패 두목이
경전을 가슴에 품고
스스로가 스스로를 용서시켰다는
포교자가 되었다는
그래서 죄인들이 오래 사는 이 지상천국을

…불신하는 종교는 창종되지 않았다!

담배를 피며 뼈마디를 분지르고
성기에 전선을 감으며

가족들의 밥 때를 걱정하고
새끼들의 성적을 걱정하던
평범한 가장이더란 말이지
그러며 또 전기 스위치를 올리더란 말이지

죄는 회개되지 않고 다만 회피되었다
압은 높은데 퓨즈는 터지지 않았다

아무도 쌍문역(雙門驛)을 통과하지 못했다

젖은 나무가 마를 때까지

옛날을 젖게 하네 양철지붕 저 겨울비
방울방울 바다로 가듯이
그렇게 흐르는 것들 흘러간다 여겼는데
풍경은 꺼내고 들춰지는 것인가
돌이킬 수 없는 사람이 보내온
돌이킬 수 있는 흔적들이 비처럼 젖게 하네
젖는다는 것, 내겐 일찍이 비애의 영역이었는데
비에 젖었던 나무들은 몸의 어디까지 기억할 수 있
을까
장작을 팰 나무들 앞마당에 비를 맞는다
젖은 나무가 마를 동안
나는 이미 젖었으므로
햇살이 오는 길목을 마중해야겠지
언젠가 이 길을 달려오며 나를 들뜨게 했던 기다림들
봄날은 쨍쨍거릴 것이며 장작은 말라갈 것이다
젖은 시간이 말라간다
퍽~
오래 흘러왔으므로
나무의 젖은 탄식도 몸을 건너갔다는 것을 안다

천천히 도끼질을 다시 시작한다
몸이 가벼워지는 동안 나뭇간에 발자국 쌓여갈 것이다

종이배를 접지 못하여

가령 이런 것이다
몇이 모여 오랜만에 종이배를 접어보지만
한 명도 제대로 접지 못할 때
나는 종이배를 태운 문장들과 함께 사라지고 싶다는
생각이 들고

창밖의 목련은
아무도 접지 못한 종이배를 접어 나비를 태운다
아무도 종이배를 접지 못했으므로 나는 그날 사라지
지 않았다
다행이다, 내 왼쪽은 늘 아득한 곳
최근에 나와 가장 가까웠던 슬픔이 고여 있다
입술을 빠져나간 헛된 질문이 밤의 밀거래를 완성한다

나는 하늘을 물들일 나의 부피를 알고 있다
그것은 매우 작고 작은 하늘의 땅이어서
아무도 잃어버린 줄도 모를 것이다
문장이 낯익어, 간밤에 내가 쓴 것일까!
즉, 우리가 어느 해 그 해변에 있었다는 것인데

두근거리는 파도와 함께 그곳에 숨었다는 것인데

추억을 지키는 그따위 일에 누가 목숨을 걸 것인가
그러나 나는 나무에 핀 하얗고 작은 종이배들이
우리가 함께 갔던 해변에서 밀려온 것이라 믿는다
목숨을 걸고 추억이 밀려온 것이라 믿는다

아름다운 무단침입

별일은 아니었으나 별일이기도 했다

허리 삐끗해 입원했던 노모를
한 달여 만에 모시고 시골집 간다

동네 엄니들은 그간,
시골집 마당 텃밭에 콩을 심어 키워두었다
아무나 무단으로 대문 밀고 들어와
누구는 콩을 심고 가고 누구는 풀을 매고 갔다

누구는 형과 내가 대충 뽑아
텃밭 옆 비닐하우스에 대강 넣어둔
육쪽마늘과 벌마늘을 엮어두고 갔다

어느 엄니는 노모가 애지중지하는
길 건너 참깨밭, 풀을 줄줄이 잡아
하얀 참깨꽃이 주렁주렁 매달리게 했다

하이고 얼매나 욕봤디야,

누가 더 욕봤는지는 알 수 없으나
노모도 웃고 동네 엄니들도 웃는다
콩잎맹키로 흔들림서 깨꽃맹키로 피어난다

가만히 지켜보던 나는
동네 엄니들의 아름다운 무단침입이나
소상히 파악하여 오는 추석에는 꼭
어린 것과 아내 앞세우고 가 대문 밀치리라,
마늘쪽 같은 다짐을 해보는 것인데

노모와 동네 엄니들은
도란도란 반갑게 얘기하다가도 마치
짜기라도 한 듯 나를 보면서 한결같이

여간 바쁠 턴디, 어여 가봐야 할 턴디,
그리도 밥은 묵고 가야 할 턴디, 한다

울지 않는 입술

입술을 주웠다
반짝이는 입술이었다

언젠가
참 슬픈 노래로군요, 말했을 때 그 노래가 흘리고 간
것은 아닐까
넌지시 두고 간 것은 아닐까

서랍 깊숙한 곳 아무도 모르게 숨겨둔 입술

취해 돌아온 날이면
젖은 손으로 입술을 꺼내어 한참 동안 어루만졌다
컴컴한 귀를 두고 입술 앞에 무릎 꿇기도 했다

노래하지 않는 입술, 나를 위해
울지 않는 입술

입술에 내 시든 입술을 잠시 포개어 보고도 싶었지만
그만두었다

그 붉고 서늘한 것을
돌려주어야지 슬픔의 노래에게로 가져다주어야지

내 것이 아닌 입술

여느 때와 같이
침묵의 안간힘으로, 나는
견딜 수 있다

모래 화석

모래밭에 박힌 조개껍질 들여다본다
어디선가 팔랑이며 불어올 바람 타고
조개껍질도 나비가 되어 날아갈지도 모른다고
꿈을 꾸는 사람들,

혼자서 혹은 둘이서
조개껍질에 묻어 있는 시간의 무늬 들여다보며
한마디씩 던질 때마다 어깨를 움찔거리는
물들, 물의 집이 통째로 흔들린다

그 물결에 밀리고 쓸리면서
부서지고 둥글어지는 결정들
잡을 수 없는 시간처럼
발가락 사이로 흘러내리는데

연대를 알 수 없는 모래에
박힌 시간 주우려고 허리를 굽힐 때마다
나비바람에 이끌린
바다가 자꾸만 뒤로 물러났다 돌아오면

시간의 등에 업힌 오늘이 모래눈에 찍힌다

바위

  마름 없는 물이 흘러나오던 바위 아래에는 녹빛의 작은 소(沼)도 하나 있었습니다 밤이면 아이들이 서로의 서투름을 가져와 비벼대었고 새벽에는 무구(巫具)들이 가지런히 놓이던 곳입니다 촛농과 술병과 인간의 기도와 어린 혀들이 오방으로 섞였습니다

  어느 해 겨울부터 바위에는 부처가 들어앉아 있었습니다 한 처녀 무당이 그려두고 간 부처의 그림이 가부좌를 틀고 잔설을 덮고 있던 것입니다 비와 눈이 많았던 몇 해가 더 지나자 바지를 내리고 일을 보던 아이들은 바위 앞에 겁을 벗어두고 시내로 떠났습니다 빛에 바랜 부처의 상반신이 먼저 지워졌고 늙은 무당들도 바위로 오르지 않았습니다

  이제 바위에 그려진 부처 그림은 보이지 않습니다 하늘이 넓어지려 넓어진 것이 아니고 물이 흐르려 흐르는 것이 아니듯 흐릿해지는 일에도 별다른 뜻이 있을까만은 다만 어떤 예의라도 되듯 바위 밑 여전히 진한 녹빛을 내는 소(沼)가 쉴 새 없이 몸을 뒤집고 있었습니다

엄마의 초경

열두 자식 중 열하나를 땅에 묻은 외할아버지는
하나 남은 엄마마저 열여덟이 넘도록 초경을 하지 않
아서
말수 대신 술만 늘어갔다고 합니다
엄마가 초경을 하던 날
외할머니는 신발도 못 신고 외할아버지의 방앗간으
로 달려갔다고 하는데
소식을 들은 외할아버지는 나르던 쌀가마니를 내던
지고
친구들을 불러 술을 사셨다고 합니다
그날 꽉 취한 외할아버지는 붉게 물든 얼굴로
돼지고기와 브래지어를 양손 가득 사오셨다고 합니다
모든 게 더디기만 한 엄마에게
외할머니는 맞지도 않는 브래지어를 채워주셨다 하고
엄마는 그때만큼 맛있는 고기를 지금껏 못 먹어봤다
고 합니다
외할아버지의 제삿날이면 절을 하는 사 형제를 보며
엄마는 엄마의 초경 얘기를 하고 또 합니다

그냥 그래야 하는 것처럼

폴란드에서 주워온 도토리 한 알이
깨진 간장 종지 안에서
잘린 손마디처럼 검게 쪼그라들고 있다
폴란드라 비껴 말했지만 실상 아우슈비츠다
사는 게 그냥 그래야 하는 것처럼 언젠가 나는
옛 서대문 형무서 터 사형장 입구의
늙은 미루나무 곁에서 사진을 찍었다
나무와 나란히 선다는 일
부동의 자세가 세상을 멈추게 하거나
되돌릴 수 있다고 믿는 것은 아니다
그러나 그냥 그래야 하는 것처럼
아무도 바라보지 않는 빈 하늘에
작은 잎들이 조금씩 물감을 칠하듯
시간이 갈수록 형편이 나아질 수는 없을까
잠시 섰는 동안 그냥 그런 생각을 했다
생각보다 상처는 먼 거리를 간다
어렵게 곗돈 풀어 유럽까지 날아온
일행이 저만치 빠르게 사라지는 동안
서둘러 가스실 앞의 신갈나무 앞에 섰다가

그 나무가 내놓은 도토리 한 알을 주워 들고

돌아서 뭔가 큰 걸 훔친 듯 잰걸음으로 일행을 따라
붙었다

나무의 기억을 믿지 못해서가 아니라

삶이 그냥 그렇게 살아야 하는 것처럼

박형준

나는 달을 믿는다

달에 골목을 낼 수 있다면 이렇게 하리,
서로 어깨를 비벼야만 통과할 수 있는 골목
그런 골목이 산동네를 이루고
높지만 낮은 집들이 흐린 삼십 촉 백열전구가 켜진
창을 가지고 있는 달
나는 골목의 계단을 올라가며
집집마다 흘러나오는 불빛을 보며 울리라,
판잣집을 시루떡처럼 쌓아 올린 골목의 이집 저집마다
그렇게 흘러나오는 불빛 모아
나는 주머니에 추억 같은 시를 넣고 다니리,
저녁이 이슥해지면 달의 골목 어느 집으로 들어가
창턱에 떠오르는 지구를 내려다보며
한 권의 시집을 지구에 떨어뜨리리라,
달에는 아직 살 만한 사람들이 산다고
나를 냉대했던 지구에
또 다시 밝아오는 아침을 바라보며 오늘도 안녕
그렇게 안부 인사를 하리라,
당신이 달을 올려다보며 눈물을 지을 때
혹은 꿈꾸거나 기쁠 때

달에는 영원히 변하지 않는 분화구들이 생겨나지,
우리가 올려다본 달 속에 얼마나 많은 거짓이 있는지
얼마나 많은 슬픔이 있는지
그 거짓과 슬픔 속에서 속고 속이는 것이
얼마나 즐거웠던 것인지
나는 달의 분화구마다 골목을 내고 허름한 곳에서 가장 높은
판잣집의 저녁 창마다 떠오르는 삼십 촉 흐린 불빛으로
지구를 내려다보며 울리,
명절날, 이제는 아무도 살지 않는
고향집 툇마루에서
저 식지 않을 투명한 불꽃을 머금고
하늘 기슭에 떠오른 창문을 바라본다
그렇게 달의 먼지 낀 창문을 열면
환한 호숫가에 모여 있는 시루떡 같은 웃음소리가 들려오리

배교윤

몽돌

해운대 미포 앞 바다에서 주운
검은 몽돌 한 개
눈물 같은 바닷물이 묻은
돌의 표면에 내 얼굴이 비친다

바닷물보다 짠 삶
쪼그라든 가슴으로
갯바람이 감겨오고

우주의 무게로
심장 안까지 들어오는 바다
천연덕스러운 물결 위로
익명의 갈매기들은 흔들리고

안개 걷힌
오륙도 근처에서
불어오는 바람

떼울음으로 다가오는 파도

바다의 푸른 이마 위로
흔들리는 흰 시간들

백무산

도마

엄연히 현실에 동원돼 있으나
정체는 바닥과 한 몸이라 드러나지 않는다
파 먹히고 난자당하지만 입이 없다
역할은 분명하지만 자신을 숨긴다

자르는 쪽도 잘리는 쪽도 아니다
때리는 쪽도 짓이겨지는 쪽도 아니다
그렇다고 그 둘 사이에 있는 것도 아니다
그 둘 사이 행위가 끝난 지점에서 자신을 드러낸다

핏물이 튀고 살이 발라진 다음에 존재한다
목적을 떠난 잉여의 힘을 덥석 문다
튕겨 나가는 여분의 흥기를 경계 안쪽으로 끌어안는다

이게 아닌데 하고 돌아서는 지점에
난잡하게 놀다 맨얼굴로 돌아가는 곳에
금식을 위한 사육제처럼 폭식과 폭음 끝에
숨통을 끊고 핏물을 뒤집어쓴 다음에

야생의 누출을 저지하고
광란에 윤곽을 부여하고 그로 인해 겨우
삶을 유지시켜가는 그 기만의 경계 지점에

거짓말에 대한 맛

거짓말에도 맛이 있다

세상 온갖 은어와 말[言語]들을 빛깔나는 그릇에 담
아 매콤한 맛의 비빔밥처럼 무뚝뚝한 옹기그릇에 멀건
곰탕 국물과 뜨거운 밥 한 공기를 말아 먹은 후 허무함
처럼 찌그러진 깡통에 코를 틀어막고 마시는 쓴 약사
발처럼

어찌 거짓말엔 이 맛뿐이겠는가

걱정하는 개소리

보신탕을 강권하며
시국을 걱정했지만 나는 실로
건강이 걱정이었다 이마에 땀이
탕으로 낙하했다 벽에 매달린 선풍기가
왈왈 짖는다 시끄러울까 걱정이었다
개를 때리던 마당이 있었고
어른들은 땀을 흘리고 있었다 걱정하는 마음에
나도 어른이 되었다 그때도 어른이었다
왜 굳이 개를 먹나요, 묻지 못하고 어른이니까
묵묵히 고개를 박고 이미 식은 탕에 후우
입김 분다 뜨거울까 걱정이다 오늘도
키우던 개를 먹는 일처럼 산다
배신하고 울며 걱정하며 잊으며 그들은
며칠 전 수면내시경 검사를 받은
공통점이 있다 뱃속에 꼬리가 짧은 개들이
한꺼번에 소리를 내었다 그들은 헛소리를 했다
걱정스럽기 때문이다 개소리를 할까
잠꼬대를 하면 키우다 먹어버린 것들이
앞발을 들고 바보처럼 벌러덩

배를 보이며 천치처럼 그러나
나는 너를 먹을 것이고
그것이 여기의 방식이다
세상이 걱정스럽다 이를 쑤시며 쩝쩝
사람의 소리를 낸다
차라리 어딘가 아프고 싶다만
몸은 눈치 없이 건강하다
날마다 키우던 강아지의 눈빛이 생각난다
그것을 먹는 심정으로 하루를 나는데,
남아 있는 삶이 한참이라
짖는다 누가 몽둥이를 들고
다가온다, 걱정되어 짖는데
한 그릇 더 먹으라는

가덕 대구

뽈찜을 먹습니다 대구는 볼을 부비며
사랑을 나누는 버릇이 있다지요

한때 저도 그러하였습니다 이쁜 것이 보이면 먼저
볼을 부비고 싶었지요
볼에 불을 일으키고 싶었지요

언젠가 찾아간 가덕 대구 기억나시는지요
볼이 떨어져 나갈 듯 치운 날이었지요

대구(大口)처럼 벌어진 진해만과 가덕만 사이
한류와 난류도 볼을 부비면서
살이 오르는 곳

해풍에 탱탱 언 볼에 감아드린
목도리도 제 살갗이었습니다
동해 시린 물을 맞던 남해 물결이었습니다

얼마나 부볐으면 이리 꾸덕꾸덕 쫄깃해진 대구

알처럼 붉은빛이 당신 볼에도 여전합니까

혜화경찰서에서

영장 기각되고 재조사 받으러 가니
2008년 5월부터 2009년 3월까지
핸드폰 통화 내역을 모두 뽑아 왔다
난 단지 야간 일반도로교통법 위반으로 잡혀왔을 뿐인데
힐금 보니 통화시간과 장소까지 친절하게 나와 있다
청계천 탑앤탐스 부근……

다음엔 문자메시지 내용을 가져온다고 한다
함께 잡힌 촛불시민은 가택수사도 했고
통장 압수수색도 했단다 그리곤
의자를 뱅글뱅글 돌리며
웃는 낯으로 알아서 불어라 한다
무엇을, 나는 불까

풍선이나 불었으면 좋겠다
풀피리나 불었으면 좋겠다
하품이나 늘어지게 불었으면 좋겠다
트럼펫이나 아코디언도 좋겠지

일년치 통화 기록 정도로
내 머리를 재단해보겠다고
몇 년치 이메일 기록 정도로
나를 평가해보겠다고
너무하다고 했다

내 과거를 캐려면
최소한 저 사막 모래산맥에 새겨져 있는 호모사피엔
스의
유전자 정보 정도는 검색해와야지
저 바닷가 퇴적층 몇천 미터는 채증해놓고 얘기해
야지
저 새들의 울음
저 서늘한 바람결 정도는 압수해놓고 얘기해야지
그렇게 나를 알고 싶으면 사랑한다고 얘기해야지,
이게 뭐냐고

살구나무 당나귀

사실 살구나무라고 이렇게 허물어져가는 블록담 아래
고삐 매어 있는 게 좋은 건 아니었다
푸르르릉 콧물 튕기며 사방 흙먼지 일구며 달려 나가
고 싶었지만
처마 밑까지 수북한 폐지나 마대자루 안의 유리병과
헌옷가지
한쪽 바퀴가 펑크 난 리어카와 시래기 타래를 비집
고 나오는
그 얼굴을 보면 차마 못할 짓이었다
사실 살구나무도 조팝꽃 한 가지 머리에 꽂고
갈기와 꼬리털 촘촘 땋고 그 끝마다 작은 방울을 단
축제일의 반바지를 입은 당나귀들이 부럽지 않은 건
아니었지만
아침마다 앓는 소리와 기침 소리를 듣는 게 신물 나
기도 했지만
작년 돌아가신 할아버지를 생각하면 그럴 수도 없는
노릇이었다
이렇게 빨랫줄에 둥치 패이며 묶여 있지만
벼르고 벼르던 그 당나귀처럼

누런 달을 허공에 까마득히 뒷발로 차올리고

푸르르 푸르르 이빨 드러내고 웃어버리고 싶었으나

그냥 얌전히 묶인 채 늙어가며

듬성듬성 털 빠지고 몽당한 꼬리나 휘휘 저으며

늙은 주인의 하소연이나 들어주는 개살구나무로 주
저앉아

해마다 누런 개살구나 짜개지게 맺을 뿐이었다

흐물흐물한 과육을 쪼개 우물거리다

퉤 씨를 뱉는 우묵한 입이나 보며

빨랫줄이나 팽팽히 당겨주는 것이다

이래두 살구 저래두 살구지만

몸빼와 월남치마 펄럭거리는 살구나무지만

이 집이 올해도 이렇게 꽃으로 뒤발을 하고 서 있는 건

늙은 당나귀 살구나무가 힘껏 이 집 담벼락을 지탱하
고 있기 때문이다

양귀비밭 가는 길

여기 있던 양귀비밭이 사라졌다
전에 여기서 양귀비 수백 송이가
그들의 문물을 활짝 꽃피웠었다

양귀비밭이 사라졌다
양귀비 단속반이 다녀갔다면
꽃의 사상을 베어 갔겠고
여행자라면
꽃의 장엄함을 마음에 적어 갔겠다

나는 무엇을 적어 가나
지친 다리를 쉬어 가다
한 바퀴 주위를 둘러볼 뿐이다
그리고 잠시 생각느니,
일국(一國)이 이렇게 덧없이 망하는구나!

번뜩이던 것은 다 어디 갔나
내 몸도 이미 저물었는데
전에 여기 비수 한 자루 떨어져 있었다

단속반이 들이닥치면
양귀비,
스스로 목을 찌르기 위해

언제까지고 우리는 너희를 멀리 보낼 수가 없다

아무도 우리는 너희 맑고 밝은 영혼들이
춥고 어두운 물속에 갇혀 있다고는 생각지 않는다
밤마다 별들이 우릴 찾아와 속삭이지 않느냐
몰랐더냐고 진실로 몰랐더냐고
우리가 살아온 세상이 이토록 허술했다는 걸
우리가 살아온 세상이 이렇게 바르지 못했다는 걸
우리가 꿈꾸어온 세상이 이토록 거짓으로 차 있었다
는 걸
밤마다 바람이 창문을 찾아와 말하지 않더냐
슬퍼만 하지 말라고
눈물과 통곡도 힘이 되게 하라고
올해도 사월은 다시 오고
아름다운 너희 눈물로 꽃이 핀다
너희 재잘거림을 흉내 내어 새들도 지저귄다
아무도 우리는 너희가 우리 곁을 떠나
아주 먼 나라로 갔다고는 생각지 않는다
바로 우리 곁에 우리와 함께 있으면서
뜨거운 열망으로 비는 것을 어찌 모르랴
우리가 살아갈 세상을 보다 알차게

우리가 만들어갈 세상을 보다 바르게
우리가 꿈꾸어갈 세상을 보다 참되게
언제나 우리 곁에 있을 아름다운 영혼들아
별처럼 우리를 이끌어줄 참된 친구들아
추위와 통곡을 이겨내고 다시 꽃이 피게 한
진정으로 이 땅의 큰 사랑아

후라시

동그라미는 왼쪽으로 태어납니까
오른쪽으로 태어납니까

왼쪽으로 태어난 동그라미의 고향은 오른쪽입니까
어디서부터
오른쪽은 시작됩니까

동그라미를 그리는 자는 동그라미의 부모입니까 내
가 그린 동그라미는 몇 개입니까

나는 그들에게 죄인입니까

왼쪽으로 걸어갔는데 왜 오른쪽에 도착합니까
왜 자꾸 동그라미를 그립니까
동그랗습니까

동그랗습니까

어둠을 뒤쫓던 후라시 불빛이 내 얼굴에 쏟아졌을 때

나는 유일한 동그라미 안에 갇혀 있었다

동그라미 안에만 비가 내리고

*우리는 언제나 우리가 가진 가장 소중한 것을 착취
당하지*
너는 여자였고 나는 가난했어
무엇보다도 우린 젊어서

온통 늙어가지

그러나 어둠은 한 번도 잡히지 않았다 후라시를 켤 때
마다 보란 듯이 불빛 그 바깥에 가 있었네

동그라미 안에만 비가 내리고

나는 간신히 외치기 시작했어
*비 내리는 밤이 있다는 것은 아직 우리의 슬픔이 젊
기 때문이다*

다음날부터

태양은 구정물 통에 담긴 접시처럼 유일한 하늘에 떠
있었다

다음날부터

나는 깨뜨릴 수 있는 동그라미와 깨뜨릴 수 없는 동그
라미에 대해 생각했지만

우리가 만났던 밤은 아직 젊었고

어떤 비도 슬픔을 씻기진 못하고

너는 여자였고 나는 가난했지

동그라미 안으로 쓰윽 들어온 손이 내 턱을 치켜올
렸을 때

내 얼굴은 이미 깨져 있었다

커튼콜

파라솔도 없이 의자가 햇볕을 받고 있다
누군가 읽다 만 책이 그 위에 뒤집혀진 채 놓여 있다

파도는 금세 의자를 덮칠 것이다

무지개색 공을 주고받던 연인들
재잘거리며 파도와 장난치던 아이들
모래무덤 속에 들어가 누워 있던 사람들

발자국만 무성하게 남아 있다
발이 녹아버릴 만큼 뜨거운 모래다

누군가 사람들을 지워버렸다

파도가 밀려갈 때마다 색색의 자갈들이 선명하게 빛
난다
틀니 하나가 입을 벌린 채 모래 속에 박혀 있다

대낮에 폭죽이 터지는 소리가 들렸다

해변을 따라 꽂아놓은 바람개비들이 맹렬하게 돌아
간다

의자는 쉬지 않고 돌아오지 않을 사람들을 기다린다

하늘과 땅 사이에 칼이 물려 있다
석양의 발꿈치가 칼에 닿자 피가 번진다

의자가 물속으로 서서히 잠긴다
제목을 알 수 없는 책이 뗏목처럼 둥둥 떠 있다

바다는 여전히 육지로 밀입국을 시도한다
파도는 철조망까지 닿지 못하고 달아오른 얼굴을 모
래에 묻는다
파도는 같은 실수를 반복하고 있다

파꽃

이 세상 가장 서러운 곳에 별똥별 씨앗을 밀어 올리느
라 다리가 퉁퉁 부은 어머니,

마당 안에 극지(極地)가 아홉 평 있었으므로

아, 파꽃 앞에 쪼그리고 앉아서 나는 그냥 혼자 사무
치자

먼 기차 대가리야, 흰나비 한 마리도 들이받지 말고
천천히 오너라

질의응답

정면에서 찍은 거울 안에
아무도 없다

죽은 사람의 생일을 기억하는 사람
버티다가

울었던
완벽한 여름

어떤 기억력은 슬픈 것에만 작동한다
나는 슬픔 같은 건 다 망가져버렸으면 좋겠다

어째서 침묵은 검고, 낮고 깊은 목소리일까
심해의 끝까지 가닿은 문 같다

아직 두드리는 사람이 있었다

생각하면
생각이 났다

몽골 편지

독수리가 살 수 있는 곳에 독수리가 살고 있었습니다
나도 내가 살 수 있는 곳에 나를 살게 하고 싶었습
니다

자작나무가 자꾸만 자작나무다워지는 곳이 있었습
니다
나도 내가 자꾸만 나다워지는 곳에 살게 하고 싶었
습니다

내 마음이 자꾸 좋아지는 곳에 나를 살게 하고 싶었
습니다
내가 자꾸만 좋아지는 곳에 나를 살게 하고 싶었습
니다

당신이 자꾸만 당신다워지는 시간이 자라는 곳이 있
었습니다
그런 당신을 나는 아무렇지도 아니하게 사랑하고

나도 자꾸만 나다워지는 시간이 자라는 곳에 나를 살

게 하고 싶었습니다

　그런 나를 당신이 아무렇지도 아니하게 사랑하는

　내 마음이 자꾸 좋아지는 당신에게 나를 살게 하고
싶었습니다

　당신도 자꾸만 마음이 좋아지는 나에게 살게 하고 싶
었습니다

시래깃국

수척한 아버지 얼굴에 박혀 있는 검은 별을 본다

겨울은 점점 깊어가고
잔바람에도 뚝뚝 살을 내려놓는 늙은 감나무
열락과 고통이 눈 속으로 젖어드는 늦은 저녁
아버지와 시래깃국에 밥 말아 먹는다

세상 어떤 국이
얼룩진 자국 한 점 남김없이 지워낼 수 있을까
푸른 빛깔과 향기로 맑게 피어날 수 있을까
또 다른 어떤 국이
자잘한 행복으로 밥상에 오를 수 있을까
저렇게 부자간의 사랑 오롯이 지켜낼 수 있을까

어느 때라도 "시래깃국" 하고 부르면
일흔이 한참 넘은 아버지와
쉰을 갓 넘긴 아들이 아무런 통증 없이
공기 속을 빠져나온 햇살처럼 마주앉아 있으리라

세상은 시리고도 따뜻한 것이라고
내 가족 이웃들과 함께
함박눈을 밟고 겨울 들판을 휑하니 다녀와서
시래깃국 한 사발에 또다시 봄을 기다리는

수척한 아버지 얼굴에 박혀 있는 검은 별을 본다

이불

방 한쪽에 코끼리 한 마리가 모로 누워 잠들어 있었다

아무 말 듣고 싶지 않다는 듯이, 위로도 타이름도 자신을 일으켜 세울 수 없다는 듯이, 널따란 귀로 얼굴을 가리고

여기는 이제 네 집이 아니라고, 그만 일어나 저 문밖으로 나가야 한다고, 나는 재촉하지 못하고

이불처럼 커다란 귀를 덮고
코끼리는 잠을 잤다 방을 어지럽히거나 물건을 부수는 일도 없이, 간직한 이야기가 잠잠해질 때까지 기다려달라는 듯이

내모는 일은 어렵겠구나 마음먹고 들여다보지 않은 며칠

너는 떠났다
광목 이불 같은 귀를 베어서 머리를 두고 눕던 자리

에 곱게 개어놓고

　나는 그것을 펼쳐서 덮지는 못하고 가만히 베고 누워
우리 함께 이불을 빨던 여름날을 생각했다 이제 온기라
고는 없는 서러운 바닥에서

절대 비밀 받아쓰기

이모 이건 절대 비밀이야
엄마가 알면 큰일 나
엄마는 잔소리쟁이고 욕쟁이고 울음덩어리를 가지고
있으니까

이모 나 갈빗집에서 알바해
손님들이 여기요! 하면 저기로 달려가 주문받고
손님들이 야! 해도 신나게 달려가 상을 치워주는 일
이야
휴대폰 벨이 천둥처럼 울려도 절대 전화받으면 안 되
는 거야

나쁜 친구들하고 어울리느라 늦게 들어온다고 이모
한테 하소연해도
절대 이야기하면 안 돼

엄마가 내 교복에서 술 냄새 난다고 한 건
어떤 이상한 아저씨가 술을 쏟았기 때문이야
엄마가 내 교복에서 담배 냄새 난다고 한 건

어떤 무서운 아저씨가 담배 연기를 뿜었기 때문이야
엄마가 내 무릎 까졌다고 속상해한 건
쟁반 들고 빨리 걷다 넘어져서 그런 거야, 별거 아니야

아파도 서러워도 화나도 울지 않으려면 입술을 깨물
면 돼
입술이 얻어터진 것처럼 흉터가 생긴 이유야

열여덟 살이 뭘 할 수 있냐고 절대 물어보지 마
나도 야자하고 싶고 학원 다니고 싶고 용돈 받으면서
삼각김밥 먹는 거 좋아해

이모, 이모는 엄마 언니니까
동생이 슬프면 싫잖아 동생이 아프면 싫잖아 동생이
화내면 싫잖아
그러니까 이모 이건 비밀
글쎄 알바비 받으면 뭘 해야 할지는 아직 정하지 않
았어
그러니까 이모 이건 절대 비밀

엉덩이

등을 타고 내려가면 언덕이 나오고 오롯한 언덕 사이 웅덩이가 있다
언덕과 웅덩이가 합쳐져 엉덩이가 되었다

엉덩이뼈가 살살 아려왔다 여태 뼈를 만져주고 풀어 준 게 엉덩이였다
엉덩이는 고작 입에 풀칠하겠다고 넘어지지 않겠다고 만날 뒤뚱거렸다
책상 앞에서 끙끙거렸다 엉덩이가 힘을 줄수록 흔들 거리던 마음이 새어 나오곤 했다

웅덩이 안에서 얼마간 고여 있어야 나오는 똥처럼 엉 덩이는 덜 여문 마음을 가뒀다
더러 술 취한 엉덩이는 잡히지 않는 마음을 잡으려다 되레 마음에 걸려 넘어졌다

뒤뚱거리던 엉덩이가 다시 의자에 앉아 끙끙거리는 동안 마음의 엉덩이뼈가 아려왔다

그땐 좋았었지, 불타면서

아주 추운 밤이었지
황량한 벌판 한가운데서 꺼져가는
불씨 위로 나는 팔뚝을 하나 던져 넣고
당신은 다리 한 짝을 던져 넣었지

돌아갈 곳도 없고 땔감도 떨어져 없던
그때 이내 나머지 다리 한 짝과
팔 한 짝도 던져 넣었지
당신에게 건너갈 다리도 없이
당신을 만져볼 손도 없이

활활 타오르는 불꽃을 사이에 두고
우리는 그저 바라만 보다가
그래도 춥다, 마지막으로 남은 몸마저
동시에 불길 속에 던져 넣었지

마음이 추워 몸을 태우던 그때
우리는 좋았지, 좋았었지 하나의
불꽃이 되어 불타면서

불타면서 그 캄캄한 벌판을 밝혀 건넜지

산제(山祭)

오래된 묘는 흙이다, 흙

뻑다구 늘짝 그런 것도 없고 그냥 흙이더랑게 근디
그런 것이 뭔 심이 있어서 후손들헌티 복을 주것냐 복
을 주먼 살아 있는 사람이 주는 것이지 죽은 뻑다구가,
쪼매 있으면 흙 되어버릴 것덜이 뭔 지랄헐 심이 있다
고 복을 주것냐

황방산(黃榜山) 승화원 위쪽
칡넝쿨들이 새순 뻗는 골짝에
아카시아꽃 할미꽃 희디흰 싸리꽃이
먼 깽매기 소리를 진설해놓았다
묏자리를 수백 군데도 더 팠다는 삽이
소주병을 땄다 골짝 골짝을 때리는
뻐꾹새 울음소리가 잔을 채워 올렸다
눅눅하게 봄볕이 든 자리
6·25 전쟁 직후 전주형무소에 수감된 정치범들을
아군이 떼죽음시킨 곳

명당허고 후손들허고 아무 상관없응게 쓰잘데기 없

133

는 것 알라허들 말고 걍 내려가라잉 햇살 잘 들고 편안
해 보이는 디다가 조상 안 모시고 싶은 후손이 워디 있
것냐 물이 철철 나는 디다가 지 조상 터 잡는 싹수 읎는
후손이 워디 있것능가 말이다 햇살 잘 들고 사람 눈에
편안헌 디가 명당잉게 그리 알고 내려가라잉

반지의 전설

　이희호 여사 평전에 의하면 김대중 대통령이 내란음
모 누명을 쓰고 언제 죽을지 모르는 사형수로 감옥살이
를 하고 있을 때 남편을 살려달라고 청와대로 전두환을
찾아간 적이 있었는데 그의 수하들이 말하기를 각하가
악수할 때 아파할지 모르니 반지를 빼라고 해서 그렇게
했다고 한다.

지우에게

지금 나는 1998년산(産) 황지우 시집 『어느 날 나는 흐린 주점(酒店)에 앉아 있을 거다』를 러시아산 보드카처럼 들고 있다. 예전에 읽은 것들이라 펼쳐지는 대로 조금씩 아껴 읽는데, 갑자기 눈물이 핑 도는 것 있지. 수없이 스쳤지만 한번도 내가 그를 '정식으로' 만난 적 없다는 생각이 들어. 갑자기 서랍을 뒤져 박스를 거꾸로 쏟아 그가 찍어준 사진을 겨우 찾았지. '평양 74-1496 DELUXE' 배경이 선명하게 찍혀 있고, 그 앞에 안경을 쓴 내가 일부러 강한 인상을 보이려고 정면을 향해 떠억 서 있더군. 생의 미세한 속살을 역광으로 투사해내는 자네에 비해 나는 형편없는 위선자. 자네가 찰리 채플린처럼 "길가에서 신발끈을 다시 묶으면서" "그렇지만 죽는다고는 말하지 마!"라고 애인에게 속삭일 때, 나는 무리에 섞여 대오를 지으며 이 사막을 건너왔지. 그런데 거기 찍힌 발자국이 누구의 것인지 한번도 뒤돌아보지 않았어. "나, 이번 생은 베렸어/다음 세상에선 이렇게 살지 않겠어"라고 자네가 고해(告解)할 때 나는 앞만 보고 직진을 했던 거야. 그러나 이제 와 탄식한들 무슨 소용? 언젠가 화선지에 기묘한 표정의 원숭이 그림과 함께 보내준 연하장의 한 구절이 생각나네. "사람에게 정이 없으면 결국 아무것도 아니라"던.

작년 가을이었던가? 남산 입구의 혼례식장에서 내려오던 길에 우리 만났지. "왜 시 안 써?"라고 의무적인 인사를 건넸더니, 그 가느다란 실눈을 뜨고 말보로를 한 가치 꺼내 물더만. "성님, 시는 이십대에나 쓰는 거 아니요?" 그러곤 무슨 예감처럼 신호가 깜박이는 충무로를 건너 은빛 바이크들이 몰려 있는 상가 쪽으로 소파 같은 몸을 밀며 지나가더군. 맹인처럼 따각따각 지팡이를 두드리진 않았지만 사바세계의 구석구석을 걸어온 선지자처럼. 저물면서 빛나는 해가 그의 그림자를 길게 늘여주더군. 이번 생에 우리 또 어느 장례식장 같은 데서 만날 수 있으까. 제록스 CANON이 머리 속에서 흑흑, 울더라도 어떻게든 살아 있거라. "유토피아는 우리가 뒤에 두고 지나쳐왔는지도 모른다." 아니면 애초에 그런 것 따윈 없었는지도! 그러나 설령 그렇다 하더라도 이 세상은 아직도 "1950년대 후미끼리 목재소 나무 켜는 소리 들리고" "가을날의 송진 냄새" 왈칵 달려드는 곳. "소나무, 머리의 눈을 털며/잠시 진저리"치더라도 송기

137

원처럼 아, "인디어!"로 떠나지는 말고.

* 곳곳에 인용된 시구는 황지우 시집 『어느 날 나는……』에서 따온 것임.

하느님 나라의 입학식

하느님은 아무것도 묻지 않으시고
입학생 하나하나를 꼬옥 안아 주셨다

죽어서 입학한 학생들을
살아서 돌아왔다고
엉엉 울어주시는 거였다

곤경

어마어마해서 아무도 덤비지 않는
태풍
처음부터 왕으로 태어난 자의
고독
나무를 뽑고 차를 집어던지며,

다른 태풍의 도전을 받아
제가 태풍 중의 태풍임을 꼭 한 번
보여주고 싶은데 안 되는,
안 되는
태풍의
곤경

어떻게든 위험에,
곤경에 한 번 처해보고 싶은데
어떻게 해도 곤경에 처할
수가 없는 것이 곤경인
태풍의 곤경

제 성질 제가 못 이겨 날뛰다
비좁은 골목길 지린내 나는 화단에
쓰러져 죽는
조그만
조그만

태풍을 본다,
채송화들이
날 때부터 곤경인 것들이
곤경 말고는 아무것도 아닌
작은 것들이

어떻게든 곤경을 벗어나고 싶은데
어떻게 해도 곤경을 벗어날
방법이 없는,
최강의
곤경들이

본다,

호두알 만한 눈을 뜨고
채송화들이
난로 위에 떨어진 머리털같이
오그라드는
태풍을,

사자처럼 앞발을 뻗어
갸우뚱, 건드려본다
빌어먹을 데도 잃을 것도 없는 골목길
부서진 화단을 점거하고 앉아
이런 곤경은 처음이야

이제 정말 곤경이 무언지 알아버린
이상한 곤경이 되어
조그만 것 조그만 것,
너무 작아 무서운 태풍을
조심조심
만지며 논다

점자로 기록한 천문서

푸르디푸른 종이는 구겨지지 않는다
구겨지지 않으면 종이가 아니다
구겨지지도 않고 접혀지지도 않는 것이
하늘에 펼쳐져 있다
새들은 시간을 가로질러 나는 법을 모른다
아무도 새들에게 천문을 가르치지 않는다
아는 것이 없으므로 나는 것도 자유롭다
읽을 수 없는 서책이 하늘에 가득하다
종이도 아닌 것이 필묵도 아닌 것이
사계를 편찬하고 우주를 기록한다
누가 하늘 끝에 별들을 식자(植字)해놓았나
최고의 천문서는 점자로 기록되었을 것이다
가장 멀고 깊은 것은 마음 밖에 있는 것
나는 어둠을 더듬어 당신을 읽는다
당신의 푸르디푸른 눈빛을 뚫어야만
구김살 없는 죽음에 도달하리라
이 무람한 천기를 아는 듯 모르는 듯
새들은 밤에도 점자를 남기며 날아간다

정상적인 것

대현이가 욕조에서 물놀이를 하고 있다 (대현이는 내 조카다) 배와 오리를 손에 쥐고 물속으로 집어넣는다 손을 놓으면 배와 오리가 솟아오른다 오래 참은 숨을 마시듯 휘청거리고
대현이는 다시 배와 오리를 물속에 집어넣고

멀쩡한 배와 멀쩡한 오리

엄마가 식탁에 숟가락을 내려놓는다 접시도 내려놓고 그릇도 내려놓는다
굳은 몸을 펼치듯
어둠이 찾아오면 다들 식탁으로 모인다
이것이 밤의 약속
아빠만 번번이 어기는

(그리고 오지 않는 아이가 있다면 이상한 것이다 밤이니까)

그만 놀고 밥 먹어야지 엄마들은 말한다

욕조 바닥을 막고 있는 검정색 고무를 뽑고
대현이는 물 밖으로 나온다 배와 오리를 세면대 위
에 올려 둔다
나는 물이 사라지는 욕조를 본다
핑크색이구나, 저 욕조

뭘 기대한 것은 아니지만
바닥에는 아무것도 적혀 있지 않다
오래 읽은 책의 마지막을 못 읽은 것처럼

아니야, 그런 게
뭐가

대현이는 수건으로 몸을 닦고 방으로 들어간다

가족은 함께 저녁 식사를 한다

그럴 리 없는데 그런 일은 생긴다

나는 물을 마신다

다 같이 바다를 마시면 좋겠어 구멍을 찾거나

식탁에 없는 아빠는 그런 마음으로 약주를 드시고 계
신가

바꿔야지 고쳐야지

바꿔야지 고쳐야지 하며 살아온 세상이다
그렇게 살아온 세상이 벌써 반백년을 훌쩍 넘고 있다
조금쯤 달라지나 싶었는데, 조금쯤 변하나 싶었는데
어느새 뒤로 돌아가고 있다 과거로 돌아가고 있다
이를 어쩌나 이를 어쩌나
매일매일 걱정하다가 나 먼저 바꿔야지 나 먼저 고쳐
야지 하고 솔선수범한 지도 제법 오래전이다
이런 정도로 어떻게 좋은 세상을 만드나
억지라도 오늘을, 내일을 믿어야지
사람을, 역사를 믿어야지
사람은 조금씩 저 자신을 고쳐 나가는 존재, 역사는
조금씩 저 자신을 바꿔 나가는 존재
그렇지 그렇게 믿어야지 그렇게 중얼거려야지 하며
이런저런 걱정에 빠져 있다가 보면
더러는 뒤로 돌아가지 않는 것도 있다
조금씩 앞으로 나아가는 것도 있다 조금씩 나아지는
것도 있다.

중력

죽음이란 땅의 중력에 순응하는 것이다.
나이가 들수록 허리가 굽어지는 것은 이 때문이다.

누군가 울면서 너를 바라볼 때

걸음을 멈춰라.
무릎을 짚고 낮게 네 발로 서라.
울음은 힘이 세서 너를 쓰러뜨릴 수도 있단다.
마음의 귀를 부풀려서
또렷한 문장으로 울음을 번역해라.
뚝! 울음을 멈추라고, 다그치지 마라.
네 맘 다 안다고, 거짓 손수건을 내밀지 마라.
먹장구름으로는 작은 강줄기도 막을 수 없단다.
바다에 닿은 강 언덕처럼, 단단한 무릎으로 파도를
맞이하라.
그까짓 아픔도 참지 못하냐고, 내몰지 마라.
쫓겨난 눈물은 눈엣가시로 덤불을 이루리라.
불쌍한 것! 혀를 차며 떡부터 건네지 마라.
울음의 숨구멍이 메면 돌심장이 된다.
누군가 울면서 너를 바라볼 때,
네가 그 울음의 주인이 될 때까지 기다려라.
울음은 우는 사람의 것이 아니라
함께 울어주는 자에게 건너온 덩굴손이다.
울음에 갇힌 커다란 말이

네 눈으로 옮겨와서, 찡긋
마지막 눈물을 떨굴 때까지

카이, 카이, 카이 khai, khai, khai

불과 두어 달 전
중부 베트남 빈딘성 작은 마을에서 있었던 이야기를
들려드리려 합니다
한국인 참배객을 태운 버스가 쯔엉탄 학살 위령관을
떠나려는 순간
3킬로를 자전거로 달려와 땀범벅이 된 한 사내가 다
급히 버스를 막아서고는
카이, 카이, 카이 khai, khai, khai
내 말 좀 들어달라고,
나도 말 좀 하게 해달라고 소리쳤습니다.

내가 태어난 지 사흘 만에 엄마, 누나, 할머니, 친척들
이 방공호에서 다 죽었어요.
왜 한국 사람들이 여기까지 오고도 우리 마을에는 안
오는지 너무 억울해서 왔어요.
우리 마을에는 아직 위령비도 없어요.
여기처럼 위령비라도 있으면 한국인들이 찾아올 텐
데
우리 엄마도, 내 누이도, 당신들이 죽였는데

151

우리 가족 무덤에도 한국인들이 향(香)을 한번 피워
주세요.

당신들의 나라가 앗아간 엄마의 이름을 한 번만이라
도 부르고 기억해주세요.

쯔엉탄 아랫마을 깟홍사 미룡촌에서 태어난 판 딘 란
(Phan Dinh Lanh)

떨리는 목소리로 태어난 지 사흘 만에

호랑이 표식을 단 남한 병사에게 어미 잃은 사연을
얘기하는데

꼬박 오십 년이 걸린 거였습니다.

미안하다 미안하다 라는 사죄의 말조차 감히 건네지
못하고 돌아오는 버스 안이

처연한 눈물과 탄식으로 가득 차오르는 동안

어떤 이는 제주의 4월 광풍을 다시 떠올리고

어떤 이는 맹골수도의 찬 바다에서 아직 돌아오지 못
한 아이들을 기억하며

카이, 카이, 카이 khai, khai, khai
내 말 좀 들어달라고
카이, 카이, 카이 khai, khai, khai
나도 말 좀 하게 해달라고

* 카이(Khai)는 베트남어로 '증언하겠다' 혹은 '진술하겠다'라는 뜻이다.

원영이 나연이 채우 혜린이들

내가 적갑산 철쭉 군락의 5월 첫째 주의 철쭉 꽃잎의
미혼(未婚)색 같은 그 바로 철쭉색을 안다고 해서 세상
이 변하는 것은 아니다

내가 적갑산 물푸레나무 군락의 5월 둘째 주의 물푸
레나무 어린잎의 물 푸르스름한 빛을 안다고 해서 세상
이 바뀌는 것은 아니다

당연한 세상 끄떡도 없다 폭행 학대와 굶김과 기상천
외하게 발명한 체벌의 상해 결국 어린 주검을 절단해 쓰
레기봉투와 냉동고에 모신 가짜 부모들의 입 맞춘 증거
인멸의 드라마가 쉬는 요일도 없이 매일 낮밤 날아오니
어허 역시 안심이 된다

어허 안심이 된다 긍휼도 없고 자유도 없고 슬픔도
없고 울음도 없고 애련도 없고 없고 없고 이토록 깨끗
이 없는 세상 구원 구원 구원이 없어 절대적으로 더 안
심이 되는 세상

철쭉꽃 색은 미혼(未婚)색이라 안다고 물푸레나무의
빛은 물 푸르스름한 빛이라 안다고 제법 말 지랄을 떨
어라 그 허구렁의 지랄 간지러워 비시시 비시시 웃음이
새다 진짜 발광이 일어

다섯 살 여섯 살 일곱 살 여덟 살 원영이 나연이 채우
혜린이는 다 이렇게 가명을 받고 죽어서야 엄마 아빠 갈
라서기 한 해 두 해 전 웃던 생일 사진 한 장 신문에 내
고 5월 철쭉 꽃잎 물푸레나무 가지에 연기처럼 내리다
다시 절명해 간다

참말로, 늘 다시,

왜 죽음은 못된 기억의 중류에만 머무르나?
시간의 강물에 떠내려가지 못하고
바다에 이르기 전에
자주 여울지나?

내가 놓지 못해서겠지
기억만이 나의 책무라지만,
여전히 고통이며
굴종으로 사로잡히기 때문이겠지

그래, 확실한 기억만이
그리움의 탯줄을 끊는다고 해도
네 죽음은 내게 다른 회복의 기미이기 때문이다

나는 너를, 나를 그렇게 놓는다.
결리는 고통으로 보존하면서
다시 새삼 너를 불러일으켜 턴다

참말로, 늘 다시

햇볕에 넌다

배교

혼자 있는 방을, 왜 나는 빈방이라고 부릅니까

흰 접시의 외식(外食)도 흠집난 소반 위의 컵라면도
뱃속에 들어서는 같은 눈빛입니다

죽기 살기로 살았더니 이만큼 살게 됐어요. 혼자 있을
때 켜는 텔레비전은 무엇을 위로합니까
이만큼 살아서 죽어버린 것들은

변기 안쪽이 붉게 물듭니다, 뜨겁던 컵라면의 속내도
벌겋게 젖었습니다

겨울은 겨울로 살기 위해 온기를 피해왔습니다만, 커
튼을 젖히자 날벌레같이 달려드는 햇빛들

사랑을 믿기 때문에 사랑했습니까, 삶을 사랑해서 살
아가고 있습니까

밥을 안치려고, 손등은 쌀뜨물 안에서 뿌옇게 흐려

집니다

　네가 없는 방을, 나는 왜 빈방이라고 불렀습니까

매치포인트

네 살배기 슈테피 그라프는
자기 키만 한 라켓을
두 손으로 그러쥐고
네트 건너편에서 날아오는 공을
그녀가 뜰 수 있는 가장 큰 눈으로
노려보았다

휘두르는 순간
라켓 스트링에 눌려
납작해지는 지구

튕겨 나간 공이
둥근 제 모습을 찾으며
멀어져 갈 때
네 살배기 슈테피 그라프는
코트 저편의 흰색 라인 안쪽만
유심히 쳐다보았다

라인의 바깥에서

얼마나 많은 판정들이
자신을 기다리고 있을지
상상도 못한 채

여행의 메모

이 여행은 순전히
나의 발자국을 보려는 것
걷는 길에 따라 달라지는
그 깊이
끌림의 길이
흐릿한 경계선에서 발생하는
어떤 멜로디
내 걸음이 더 낮아지기 전에
걸어서, 들려오는 소리를
올올이 들어보려는 것
모래와 진흙, 아스팔트, 자갈과 바위
낙엽의 길
거기에서의 어느 하모니
나의 걸음이 다 사그라지기 전에
또렷이 보아야만 하는 공부
저물녘의 긴 그림자 같은 경전
오래전부터 있어왔던
끝없는 소멸을
보려는 것

이번의 간단한
나의 여행은,

가을 저녁 잿빛 허공에 비
—간(艮)

산과 미로를 거쳐 오는 당신,
당신은 굳이 올 것도 갈 것도 없었다.
당신이 온다 하니, 나는 서둘러
문지방에 이마를 대고 기다린다.

누가 당신을 문 달린 누각이라 했는가.
당신이 누각이라면
나는 가을 저녁 누각 아래
나무고 풀 열매다.

달이 손가락을 뻗어 만지는 것은
열매들을 떨어뜨리는 계절이 아니라
여우나 이리의 부류들,
풀숲에서 뛰쳐나오는 오랜 가난이다.
당신이 나무였다면
단단하고 마디가 많을 테다.

백산(白山) 백비(白碑)

이런저런 사연으로 글을 새기지 못한
그런 비석을 백비라고 한단다
제주 4·3 평화공원 기념관에 아직껏
길게 누운 백비도 그중 하나다

식민지 시절 내내 감옥을 드나들며
조선의 호랑이로 불리던 지운(遲耘) 김철수 선생도
조국 분단이 시작되던 해방 공간에
고향 마을 백산 토담집에 낙향해서
꽃과 나무와 지필묵을 벗 삼다가
당신 무덤 앞에 백비를 남기셨다

청백리 박수량의 고결한 삶에
행여 누를 끼칠까 싶어 후세인들이 감히
한 글자도 못 새겼다는 장흥 백비는
후세의 존경이 담겨 전해오거니와
남길 말 너무 많아서 차라리
한 글자도 못 새기게 하셨나
목숨 걸고 평생을 못 잊은

조선독립 때문에 조국통일 때문에
끝끝내 마음 비우지 못하셨나

지운 선생의 이 백비에
한낮의 구름 그늘이 어른거린다
식민지 시대의 미 군정청의 치안유지법
반공법 국가보안법의 망령들이 어른거린다
체념과 절망의 기다림, 언젠가 맘 놓고 새겨질 역사가
이 백비에 함께 어른거린다

* 지운(遲耘) 김철수(1893-1986). 고려공산당을 창립하였으며 대한
  민국임시정부 국민대표회의 참가. 『지운 김철수』(한국정신문화원,
  1999) 자료집이 발간되었으며 부안 백산고등학교에 '항일애국지사 지
  운 김철수 선생 추모비'가 세워져 있다.

있다

부재가 자신을 찾아본다 여기는 분명히 내가 있을 만
한데 언젠가 목격했던 것도 같은데

정확한 자리와 정확한 시간을 만지며 원래부터 이어
왔다는 듯, 입구만 남은 공원이나 표정이 떠난 인사 뒤로

부재가 자신의 모습을 확인한다 간신히 완성한 가정
처럼

무럭무럭 뼈가 자란다면 그러다 문득 발견된다면 무
엇을 세울 수 있을까

회전에서 궤적이 벗어난다
얼음에서 결속이 사라진다

아무것도 돕지 않을 때 뚜렷하고 아무 일도 일어나지
않을 때 조용하고

알기 전부터 증명이 됐으므로 알고 나서 시작되는 부

재가 침착하게 세계를 바라본다

지금까지는 태어난 이야기
다음은 모르는 이야기

아직 만들지 못한 자신의 모습을 부재는 떠올린다 오
랫동안 정체를 요구한다

이것은 목적이겠지
모든 준비가 이루어 놓은 최초의 계획
또는 최후의 상황같이

정리될 확률을 마주하며 부재는 나타나기 위해 실감
을 고민한다

손

텅 빈 손. 잘라버리고 싶은 손. 이 손 잡고 있던 친군
어디로 갔나. 감촉만 살아 있네. 숨결도 없이 입김도 없
이 촉감만 붙잡고 있네. 이 손을 어떡하나. 떨어진 손. 굳
게 쥘수록 헤매는 손. 손을 보내야 하네. 움츠리는 손. 누
구에게도 내밀 수 없는 손. 밤마다 혼자 떠도는 손. 손을
버려야 하네. 눈물에 빠진 손. 뼈만 남은 손. 바다에 갔
으나 빠뜨리지 못했네. 빈소에도 떼놓지 못했네. 그날에
멈춘 손. 이 손. 꼭 잡아라, 꼭. 허공만 움켜쥐는 손. 한꺼
번에 평생을 살은 손. 네 손, 내 손.

4번 염색체*에 대한 연구

겔(Ger)의 집에 들어가기 위해선 반드시 문패에 새겨진 암호를 풀어야 했다
머리 한쪽에 뿔이 난 낙타와 등 한쪽에 말갈기가 달린 생선,에 대해

북극星에서 왔다는,
알코올램프 거인처럼
겔은, 칭기즈 칸이라고, 과학실에서 입버릇처럼 말하곤 했다
각종 수식과 기호를 다량으로 섭취한, 주정뱅이처럼,
아이락을 마시며

괄호 안의 부호들은, 괄호 밖 말줄임표와 작은따옴표의 동정심에 놀아나지도 않았다
분할과 덧셈은 과다 세포 증식을 가져왔지만 누구의 파이도 파이만큼 늘어나진 않았다
막 구워낸 전각과 반각 기호들이 수식의 강으로 뛰어들었다
사라진 콩나물 대가리를 수식의 강기슭에서 봤다는

170

목격담도 있었고

　어느 교각에서 봤다는 제보도 잇따랐다

　이 와중에도 잠수부들은 다이빙을 멈추지 않았고 그 누구도 불어 터진 입술에 대고 인공호흡을 요구하지 않았다

　막 태어난 별이 꼬리를 물고 자진했다는 소식이 채 전해지기도 전에, 반쯤 잘린 높은음자리의 마디는 병상에 누워 연방 기침을 해댔다, 덕분에 부호들은 헐값에 전각기호 · 반각기호 · 콩나물 대가리 · 별꼴을 얻을 수 있었다

　괄호 밖 주전부리가 된 낱말과 헐값에 잘려 나간 생선의 뿔을 찾기 위해

　마이크로 현미경을 조절하며 초원을 누빈 시간은(도서관에서 꾸벅 졸며 무협지를 읽던 시간만큼) 웃자라 있곤 했다 녹슬지 않은 젓가락과 바람은 굽은 평행선을 달리면서도 전력질주를 하진 않았다 다만

다리 위 난간은 늘 먹성이 좋았고 반찬 투정을 하는
강물은 (사계절 내내) 푸른 이를 번득이며 출렁거렸다
강 밖으로 밀려난 인공호흡과 교각에서 사라진 파이가
피를 흘리며

* 46개 염색체 가운데 인간의 운명을 결정하는 유전자.

그러나 그게 무슨 문제란 말인가

이런 시대에 사는 것 자체가 죄인데
나라 없던 시절의 친일 행적이나
독립 투쟁이 다 그게 그거 아니냐고
공이 있으면 과도 있게 마련이라고
광복절 대신 건국절을 기념하잔다
건국 이전은 글자 그대로 선사시대니까
건국 이전은 바람 부는 만주 벌판이니까
건국 이전은 말하자면 캄캄한
시베리아 벌판이나 다름없을 테니까
우리는 나라를 두 번이나 빼앗겼다
한 번은 제국주의 일본에게
또 한 번은 자신의 과거를 지우고 싶은
혹은 당당하게 미화시키고 싶어 하는
이 땅의 친일 친독재 세력에게
그러나 그게 무슨 문제란 말인가
개똥이 개똥을 반성하지 않는 것처럼
절망이 절망을 반성하지 않는 것처럼*

* 김수영의 시 「절망」을 떠올리며

여성은 살해된 악기

저녁의 명인(名人)은 설치류로 불어났다, 시시각각
길을 잃는 물의 정원처럼

나의 지식은 살해된 악기 정도의 생명관밖에 가지고
있지 않다.

사람의 머리에서 떼어 낸 빗이 출항하는 배를 취한 산
모로 만들 동안

영혼과 매이지 않은 물건만이 형상과 맺어지기 위해
눈가에 맴돈다.

여성은 살해된 악기.

뮤즈는 지옥에 떨어진 투우사 일가로 구현되고
음악에는 영탄으로 배워서는 안 되는 것이 있고
성난 소만을 사랑한 소녀가 성스런 포옹에 눈뜬다.

여성은 살해된 악기.

울음이 우주 전체를 채울 물질인 걸 알려주어서 방풍림한텐 고마워.

메두사의 머리는 그러나 생물도 암석학도 극복하지 못했다.

덜 닫힌 구석방의 11월 철새처럼
공중그네는 흔들릴 동안은 흠집이 없고

뒷걸음질 칠수록 언제나 개선문 가까이
조숙 소녀의 하늘이 차분히 찢어진다.

서둘러 이별을

손톱을 뜯어 7월
싯푸른 하늘에 내건다
차창을 투과하여 용케도 갖다 붙였다
저렇게 핏빛을 머금은 조각달에게
존재의 그늘이 있다면
물은 어디서 굽이를 돌고 있을 것인가

그래, 저 조각달은 누구의 것인가
우습구나 별들이여, 이 지친 여름에
너 하나 나 하나 셈 셀 곳도 없이 사라져버린
뚝방이여 개천이여

몸을 뜯어 한 낱 한 낱 여울에 띄우고
하얀 손톱 밑 핏방울을 적시며
흐르는 물에게 안녕,
희미한 조각달에게 안녕, 안녕

사라져야 할 것들은 어서 사라지려무나
천지에 나 아닌 것들

내가 아니어도 떠날 것들은 많으니까 그러므로
이 하고 많은 날들, 어서 어서

진은영

파울 클레의 관찰일기

사랑이나 이별의 깨끗한 얼굴을 내밀기 좋아한다
그러나 사랑의 신은 공중화장실 비누같이 닳은 얼굴
을 하고서 내게 온다
두 손을 문지르며 사라질 때까지 경배하지만
찝찝한 기분은 지워지지 않는다

전쟁과 전쟁의 심벌즈는 내 유리 손가락, 붓에 담긴
온기와 확신을 깨버렸다
안녕 나의 죽은 친구들
우리의 어린 시절은 흩어지지 않고
작은 과일나무 언저리에 머물러 있다
그 시절 키높이만큼 낮게 흐르는 구름 속으로 손을
넣으면
물감으로 쓸 만한 열매 몇 개쯤은 딸 수 있다, 아직도

여러 밝기의 붉은색과 고통들
그럴 때면 나폴리 여행에서 가져온 물고기의 색채를
기하학의 정원에 풀어놓기도 한다

나는 동판화의 가는 틈새로 바라보았다
슬픔이 소녀들의 가슴을 파내는 것을
그들이 절망을 한쪽 가슴으로 삼아 노래를 멀리 쏘
아 올리는 것을

나는 짧게 깎인 날개로 날아오르려고 했다
조금씩 부서지는 누런 하늘의 모서리
나쁜 소식이 재처럼 쌓인 화관을 쓰고

나는 본 것으로부터 멀어지려 했다
영원히 날아가려 했다
폼페이의 잔해 더미에 그려진
수탉들처럼

　어찌할 수 없는 폭풍이 이 모든 폐허를 들어 올
릴 것이다

"인간은 어떻게 그 절망 속에 도달하게 되었는지를
알 때

절망 속에서도 살아갈 수 있다"고
나를 좋아하던 어느 문예비평가가 말했다지만, 글
쎄……
그는 국경 근처에서 변사체로 발견되었다

나는 해부학과 푸생, 밀레와 다비드를 공부했고
이성과 광기의 폴리포니를 분간할 줄 아는 두 귀에,
광학을 가르치고 폐병과 심장병의 합병증에도 정통
했지만
슬픔으로 얼룩진 내 얼굴과의 경쟁에선 번번이 패배
했다

그때마다 나는 세네치오를 불렀고
부화하기 전의 노른자처럼 충혈된 그가 왔다

비 온다

비 온다 비가 온다 비는 비와 함께 온다 비 앞에 비가 오고 비 뒤에 비가 온다 비 아래에 비 위에 비가 온다 비 곁에 비가 온다 비는 비에 섞여 온다 혼자가 아니다 비는 절망하는 비와 더불어 오고 통곡하는 비를 제 속에 품고 온다 두려워하지 않는다 온몸으로 다른 비를 껴안고 다른 비의 심장이 된다 비는 나뭇잎이 되길 주저하지 않고 기꺼이 풀잎이 되고 꽃이 된다 땅바닥이 되고 호수가 되고 아스팔트가 되고 가끔 철근이 되고 어쩌다 빈 둥지가 된다 비는 비 내리지 않는 곳에서 기도가 되고 비 내리는 곳에서 더 깊은 기도가 된다 밤새 오는 비는 밤이 되고 새벽이 되고 뜬눈이 된다 뜬눈들이 모여 비를 맞고 서 있다 저 바다 앞에 저 거리 곳곳에 저 지붕 위에 전국적으로 비가 온다 전국적으로 누구도 잠들 수 없다 누구도 함부로 죽어서는 안 된다 비 온다 비 그치고 비가 온다 비 오는 하루를 건너 또 하루 그리고 또 하루 도무지 멈추질 않는다 사월이 가고 오월이 젖고 있는데 비 온다 비가 온다 떠나지 못하는 비가 떠날 수 없는 비를 적시며 비가 온다

저 비가 너다 우리다 이젠 울어도 된다

가짜 나무의 과실

가짜 나무 한 그루가 카페 한가운데 서 있다
가짜 사과를 달고 있다
사과나무 잎은 이렇게 생겼구나,
가짜를 만지작거리며 진짜를 파악한다
이 사과는 왠지 가짜 같애
진짜 같은 나무에서 가짜를 파악한다
가짜를 보면 진짜는 더욱 모호하다

가짜는 진짜를 닮으려 얼마나 애절했을까
진짜는 가짜를 놓으려 얼마나 무심했을까

가짜 햇살에 가짜 바람
가짜 흙에 가짜 물방울

기가 막히게도 진짜 같은 사과나무 한 그루 아래서
뉴턴을 생각하며 만유인력을 생각하며

진짜 플라스틱으로 만든 잎과
진짜 나무로 만든 가지와

진짜 스티로폼으로 만든 흙을 보면서
진짜 이름과 가짜 나무를 기적처럼 묶고 있는
검은 철사 너머로
가짜와 진짜가 범벅된 사람의 손이 설핏 보인다

죽음이라는 철사에도 묶이지 않는 가짜 사과가
진짜 과실처럼 툭 떨어진다

실패의 힘

내가 살아질 때까지
아니다 내가 사라질 때까지
나는 애매하게 살았으면 좋겠다

비가 그칠 때까지
철저히 혼자였으므로
나는 홀로 우월했으면 좋겠다

지상에는 나라는 아픈 신발이
아직도 걸어가고 있으면 좋겠다
오래된 실패의 힘으로
그 힘으로

라라

흰 말들이 달려 나갔다. 오르간은 비어 있었다. 라라는 예배당 가운데에 앉아. 달리는 말들을 세고 있었다. 말들이 사람들을. 차례차례 밟아 쓰러뜨리는 것을. 라라는 보고 있었다. 거울 속에서 라라는. 긴 호수가 되고 있었다. 라라 옆에서 라라가 말을 했다. 강림을 알리는 차임벨은. 확고해간다. 성전의 커튼은. 죽은 이교도의 튜닉을. 떠오르게 한다. 라라 옆에서 라라는 들었다. 성호를 그으며 사라지는. 놀이터와 수몰된 마을과 비대칭이 되는 망루를. 사람들은 라라가 펄럭거리지 못하게. 손목에 밧줄을 감았다. 교부가 줄을 당겨 거대한 향로를 흔들 때. 라라가 노래를 시작했다. 사람들의 귓속에서. 모래가 흘러나왔다. 라라는 죽지 않는 라라. 라라는 죽지 않는 라라. 라라를 처음 본 것은 손등이었다. 창밖에서. 해변의 윤곽들이 재로 질 때. 라라는 춤을 추었다. 라라는 폐가의 창문. 라라는 생크림. 라라는 웃고. 라라는 벽에서 들린다. 믿음에 가까이 있거나 황홀경에 휩싸인. 칼과 포크를 쥐고서 흘러내리는 낙원. 라라는 껍질. 라라는 화산재가 쌓이는 복도. 얼굴을 쓸어내리는 목동. 또는. 목공. 믿음에 가까이 있거나 황홀경에 휩싸인. 라라는 단 위에 서서. 울고 있는 내 얼굴을 매만졌다. 라라 속에서 눈이 그쳤다. 흰 말들이 강대상을 돌아. 차례차례 사람들을 밟아 쓰러뜨리는 것을. 라라는 보고 있었다. 사람들이 불을 당겨 내가 정신없이 태워질 때. 나는 라라의 이름을. 불렀다.

희미한 옛사랑의 그림자

　이제 방법은 그것밖에 없다고 누군가 말했다 그야 당근일지라도 그거론 부족하다고 말했다 글쎄 이것 보라고 앞서가던 사람이 껄렁하게 녹아버린 간을 끄집어냈다 젖어있을 때보다 시무룩 말라가는 게 너의 진심이었다 자꾸 거기에 피를 묻히지는 말자며 전원 하나를 내렸다 모쪼록 그동안 토한 건 아직 서른세 번에 지나지 않아 모두 용서할 수 있다고 말했다 어디서 온 누구 말인지 몰라 주위를 두리번거렸다 아까 부른 노래의 삼절은 누가 그 앞의 일 이절 밑닦이로 쓴 것이라고 말했다 80년대 운동가를 그렇게 목놓아 부르는 바람에 세상은 아직 미궁이 아니겠느냐고 말했다 이게 21세기 뽕짝이 안 되는 이유라면 이유이겠으나 호소력은 좀 뒤져도 남의 집 담벼락에 오줌 누던 전통이 진화해 주차금지 범칙금이 된 것은 확실하다고 말했다 저기 선 삼각대는 가장 안전한 3차에서 정신을 잃을 것이므로 세 명이 술을 마시기 시작하는 건 어느 모로 보나 자위행위에 가깝다고 말했다 결투는 생략하고 어서 술상이나 걷어차고 벌벌 벌벌 바쁘게 기어 집에만 도착하면 만사 오케이라고 말했다 그것만으로 우리는 이미 충분히 실패했고 그건 삼

척동자도 다 아는 엄연한 사실이라고 말했다 전원은 처음부터 모조리 내려져 있었다는 매우 선정적인 주장이 제기된 것이 이때쯤이었다

미(美)를 위하여

오늘 뉴스에 맨손으로 벽을 타고 올라가 고층 아파
트만 털어온
일당이 붙잡혔다고 한다. 부디 그들을 석방하기를
미(美)의 이름으로 건의한다. 그들에게 도둑질은
아주 부차적인 것이다. 해도 그만 안 해도 그만이다.
그들의 주목적은 고층을 맨손으로 오르기
기어 올라가서 고관대작들의 넥타이를 풀어주기
풀다가 안 되면 잡고 늘어지거나 내려오기
맨손이란 백수라는 것이고 어느 누구와도
악수를 할 준비가 되어 있다는 것이다.
심지어는 배관 파이프와도 악수를 한다.
맨손으로 고층 아파트를 올랐다는 성취감!
그 상승과 비약의 미학을
엘리베이터에 실려 가는 비곗덩어리들은 모른다.
맨손으로 오른 고층에서 악수할 손이 없기에
그들은 다이아 반지와 목걸이와 악수를 할 뿐이다.
도둑질은 이렇게 예술이 되고 미적 성취가 된다.
법치주의는 미학을 모르는 무식한이다.
그가 상승과 비약 비상의 미학을 도둑질에 접목시킨

것은

우리가 먼저 악수를 청하지 않았기 때문이다.

그러므로 벽타기 도둑은 용서되어야 하는 것이다.

미성년

많은 사람이 죽었고
나는 한 줄도 쓰지 못했다

기타 교본을 보며 기타 줄 눌렀다
이상한 소리였다 더 세게 눌렀다
소리는 여전했고 손끝에 붉은 자국 남았다

*

남자는 여자의 젖꼭지를 빤다
나는 숨죽인다
두 손이 젖을 주무른 것을 본다

그 아이 나를 알고 있다
나는 그 아이 엉덩이를 물어뜯기 위해 짐승처럼 뛴다
아이 웃으며 미끄럼틀 탄다
일제히 비명
나는 턱에 힘주고 놓지 않는다

사람들이 나를 둘러싼다
둘러싸고 운다
멈추지 않는다

바깥에서 남자가 고함을 지른다
물건 깨지는 소리 나고
나는 이불 속으로 들어가 베개로 귀를 막는다
바깥의 여자는 죽고 싶을 것
깜깜하고 축축한 침대에서 혼자

개는 도로에서 죽지 않고 있다
긴 혀 내밀고 있다

*

여자의 가슴에 종양 두 개 자라고 있다
하루에 세 번 항암제를 삼키고
위로할 수 없다 나는
자꾸만 무너지는 집을 붙잡고 있다

여자의 눈은
좁은 골목 낮은 담장
공원을 걸을 때 부딪치는 손
아프지도 않은데
아픈 척하는
빈 벤치들이 늘어서 있다

나는 조용히 여자의 뒤를 따른다
여자는 뒤돌아보지 않는다
멀리
멀리
열차 문이 열리고 닫힌다

얼굴이 희미하다
얼굴이 희미하다
나는 작다
나는 죽지 않고

버스가 떠난다
어떤 일이든 가능한 것처럼
사람들이 대합실에 모여 있다

회벽

유목을 멈춘 이후로 벽이 발명되었다
그때부터
밟혀서 지워지지 않도록
사람은 기억을 벽에 옮겨 보존하기 시작했다

하나의 전시를 철거하고 나면
차고 흰 벽에는 못구멍들이 남았다
한 점으로 흘러나오는 벽의 내부
밀도 높은 어둠이 근육이라는 걸 알았다

다음, 다음으로
다른 그림을 걸고 다시
전람회는 열려야 하기에
벽은 회복을 시작하고

통증을 빻아 만든 가루
시간에 불행을 섞어
한 움큼 집어 바르고
모르는 거리에서 몸을 말리면

지구도 지구를 교체하기 위해
재앙을 사용한다는 것을 알게 된다
새벽을 펴 바르며
간밤의 별자리를 문질러 메우는 손

나는 복원되지 않는다
무수하게 뚫고 메우다 보면
처음의 벽은 이미 사라진 벽
우리는 어둠을 갱신하며 서 있다

갈릴레오 할머니

할머니 할머니 우리 할머니
죽어서도 땅속 하늘을 관찰하시는
갈릴레오 갈릴레이 우리 할머니

할머니 무덤은 할머니 둥근 뒤통수
두 팔은 앞으로 뻗고
얼굴은 땅에 박고
밤에도 낮에도 지구 속을 관찰하시는

갈릴레오 갈릴레이 우리 할머니
시간이 층층이 쌓인 주검의 지층들 뚫고
반대편 지구를 뚫어져라 쳐다보시는
할머니 할머니 우리 할머니

뒤집힌 도시의 뒤집힌 인간들 쳐다보시며
뒤집힌 빌딩 뒤의 뒤집힌 하늘 쳐다보시며
깔깔깔 배꼽 잡고 웃으시는
갈릴레오 갈릴레이 우리 할머니

막걸리

윗물이 맑은데

아랫물이 맑지 않다니

이건 아니지

이건 절대 아니라고

거꾸로 뒤집어 보기도 하며

마구 흔들어 마시는

서민의 술

막걸리

봄인데 말이야
—복희

아파서
많이 아픈 몸으로 너는 누워 있고
간단없는 통증에 글썽이는 눈 파르르 떨고 있고

나는 걷고 있지

성내천변은 거대한 반란지대
희고 노란 봄년들이 발칙하게 손을 흔들고 있는데 말야
재개발아파트도 허물어진 얼굴로 그런 봄년들을 멀
거니 내려다보는데 말야

저 무장한 발랄함도 긴 겨울을 건너온 통증이니까
아프다는 건 열망이 남아 있다는 거니까*

나는 찬란하게 걷고 있지

이 도도한 무늬들 온몸에 빨아들이는 거지
오랜 시간 천천히 낡아간 집이 더디게 새 둥지를 틀듯

거머리가 꿈틀꿈틀 나쁜 피 핥듯

지금 밖은 온통 새살, 새살 돋아나는 봄인데 말야
병든 살을 도려낸 네 발에 고스란히 이식할 거야

기다려봐 너, 살아오면
뜨겁게 키스할게

* 윤이주 소설

우리의 가장 나중 지니인

잘린 발목
그 허연 것들이
내게로 손을 뻗치고 있다
길을 움켜쥐려는 것처럼

뼈가 시린 딸을 위해
어미가 닭발을 곤다

맨발이 종종거리며
바닥을 스치는 소리
누워 있는 딸의 귀로
종일 흐른다

족(足)이라는 글자는
언제나 달리고 있지요
길을 얻을 때까지
발바닥이 더러워져 돌아오는
더러워짐으로 쫄깃해지는

삐걱이는 뼈를 맞추고 일어나
이불 밖으로 나온
흰 음표들을
가만히 바라보는 밤

절룩이는 걸음으로
언 마당을 건너온
얼룩 고양이가
차 밑으로 숨어든다
발을 핥는다

자유는 무성하지만

국가는 부르주아의 위원회라고 마르크스는 썼다
부르주아의 이익에 위배되는
모든 자유를 회수해 부르주아에게 바치기 때문이다
자유에는 밤낮으로 깊은 금이 가 있어서
자유를 향한 시인들의 들뜬 헌사는 그러니까
국가 안에서는 거짓말이 된다
자유는 선언으로 완성되지 않는다
바람을 노래할 잎사귀의 자유인가
오두막을 지탱하고 있는
손바닥만 한 땅을 탐할 자유인가
혼자 누릴 자유인가 오천 명이 나눠 먹고
열두 광주리를 남겨둘 자유인가
달리다가 점점 들판이 될 자유인가
발걸음마다 통행세를
냉철하게 매길 자유인가
가시덤불을 걷어낼 자유와
달빛에 손가락이 머물 자유만
우리에게는 있다
타오르는 모닥불에 위원회를

던져 넣을 자유만 있다
자유의 본질은 모험이라서
세상의 자유가 저수지처럼 말라가면 말라갈수록
우리의 자유는 무성하고 무성하지만
(무성하고 무성하지만)
아직 새의 노래는 당도하지 않았다
태양이 닿지 않는 대지가
아직은 고요하기만 하다

내 삶의 예쁜 종아리

오르막길이
배가 더 나오고
무릎 관절에도 나쁘고
발목이 더 굵어지고 종아리가 미워진다면
얼마나 더 싫을까
나는 얼마나 더 힘들까

내가 사는 동네에는 오르막길이 많네
게다가 지름길은 꼭 오르막이지
마치 내 삶처럼

죄송한 마음

지난겨울에는 많이 슬펐습니다 식은 밥을 미역국에 말아 먹었습니다 다시는 그러지 않겠습니다

저는 자주 헷갈립니다

숟가락에 붙어버린 미역은 어떻게 해야 합니까 입으로 떼어 먹으면 되는 것입니까 아니면 국물에 풀어버려야 하는 것입니까

죄송합니다
그런 마음을 담아 이 글을 씁니다

……

오늘은 모처럼 일찍 눈을 떴습니다
창밖에는 눈이 내리고 있습니다

미역은 생각보다 더 많이 불어납니다 물기를 짜낼 때는 어쩐지 서글퍼지지만

저는 종종 믿을 수 없습니다

저기 눈 속을 뚫고 지나가는 사람들에게도
나름의 인생이 있군요 제가 모르는 새에 태어나
또 모르는 새에 죽어버리는 것이군요

부엌에는 저 혼자뿐입니다

정신을 차려보면 흰 쌀이 물속에 잠겨 있습니다

……죄송합니다

지난겨울에는 많이 슬펐습니다 친척의 별장에서 많
은 일이 있었습니다만 그것에 대해서는 달리 말하지 않
겠습니다

슬픔은 인생의 친척이라고 합니다 그런 말을 책에서
읽었습니다 그렇다면 인생은 슬픔의 친척이 되는 것이

겠지요 친척에 대해 생각하면 어쩐지 죄송해지는군요

증기 배출이 시작된다고 모르는 여자가 말해줍니다

아침은 흰 쌀밥과 소고기를 넣은 미역국입니다
흰 쌀밥에 미역국은 아주 맛있고 매우 뜨겁습니다

너무 뜨거워서 잠시 식게 둔 것이
어느새 완전히 식어버렸군요

허옇게 굳은 기름이 국물 위에 떠 있습니다

더 이상은 슬퍼지지 않습니다
정말 죄송합니다

수록 시인 소개

강은교 1968년《사상계》로 등단. 시집『허무집』『풀잎』『빈자일기』『초록 거미의 사랑』『네가 떠난 후에 너를 얻었다』등.

강형철 1985년《민중시》로 작품 활동 시작. 시집『해망동 일기』『도선장 불빛 아래 서 있다』『환생』등.

공광규 1986년《동서문학》으로 등단. 시집『대학일기』『마른 잎 다시 살아나』『말똥 한 덩이』.

곽재구 1981년《중앙일보》로 등단. 시집『사평역에서』『전장포 아리랑』『서울 세노야』『와온 바다』등.

권민경 2011년《동아일보》로 등단.

길상호 2001년《한국일보》로 등단. 시집『오동나무 안에 잠들다』『모르는 척』등.

김 근 1998년《문학동네》로 등단. 시집『뱀소년의 외출』『구름 극장에서 만나요』『당신이 어두운 세수를 할 때』.

김기택 1989년《한국일보》로 등단. 시집『태아의 잠』『바늘구멍 속의 폭풍』『사무원』『껌』.

김남극 2003년《유심》으로 등단. 시집『하룻밤 돌배나무 아래서 잤다』『너무 멀리 왔다』.

김사람 2008년《리토피아》로 등단. 시집『나는 이미 한 생을 잘못 살았다』.

김사이 2002년《시평》으로 작품 활동 시작. 시집『반성하다 그만둔 날』.

김사인 1981년《시와경제》로 작품 활동 시작. 시집『밤에 쓰는 편지』『가만히 좋아하는』『어린 당나귀 곁에서』.

김선우 1996년 《창작과비평》으로 등단. 시집 『내 혀가 입속에 갇혀 있길 거부한다면』 『나의 무한한 혁명에게』 『녹턴』 등.

김성규 2004년 《동아일보》로 등단. 시집 『너는 잘못 날아왔다』 『천국은 언제쯤 망가진 자들을 수거해가나』.

김수열 1982년 《실천문학》으로 등단. 시집 『어디에선들 어떠랴』 『신호등 쓰러진 길 위에서』 『바람의 목례』 『생각을 훔치다』 『빙의』.

김 안 2004년 《현대시》로 등단. 시집 『오빠생각』 『미제레레』.

김용락 1984년 창비신작시집 《마침내 시인이여》로 등단. 시집 『푸른 별』 『기차소리를 듣고 싶다』.

김은경 2000년 《실천문학》으로 등단. 시집 『불량 젤리』.

김정환 1980년 《창작과비평》으로 등단. 시집 『지울 수 없는 노래』 『텅 빈 극장』 『해가 뜨다』 『유년의 시놉시스』 『거푸집 연주』 등.

김주대 1989년 《민중시》로 작품 활동 시작. 시집 『도화동 사십계단』 『사랑을 기억하는 방식』 등.

김준태 1969년 《시인》으로 등단. 시집 『참깨를 털면서』 『국밥과 희망』 『불이냐 꽃이냐』 『밥詩』 『달팽이 뿔』 등.

김중일 2002년 《동아일보》로 등단. 시집 『국경꽃집』 『아무튼 씨 미안해요』 『내가 살아갈 사람』.

김학중 2009년 《문학사상》으로 등단.

김해자 1998년 《내일을여는작가》로 등단. 시집 『무화과는 없다』 『축제』 『집에 가자』 등.

김행숙 1999년 《현대문학》으로 등단. 시집 『사춘기』 『이별의 능력』 『타인의 의미』 『에코의 초상』.

김 현 2009년 《작가세계》로 등단. 시집 『글로리홀』.

김형수 1985년 《민중시》로 작품 활동 시작. 시집 『빗방울에 대한 추억』, 평전 『문익환 평전』 『소태산 평전』 등.

나희덕 1989년《중앙일보》로 등단. 시집『뿌리에게』『그 말이 잎을 물들였다』『말들이 돌아오는 시간』등.

도종환 1984년《분단시대》로 작품 활동 시작. 시집『접시꽃 당신』『당신은 누구십니까』『세 시에서 다섯 시 사이』등.

맹문재 1991년《문학정신》으로 작품 활동 시작. 시집『먼 길을 움직인다』『물고기에게 배우다』『기룬 어린 양들』등.

문동만 1994년《삶사회그리고문학》으로 작품 활동 시작. 시집『나는 작은 행복도 두렵다』『그네』.

박남준 1984년《시인》으로 등단. 시집『세상의 길가에 나무가 되어』『풀여치의 노래』『중독자』등.

박서영 1995년《현대시학》으로 등단. 시집『붉은 태양이 거미를 문다』『좋은 구름』.

박성우 2000년《중앙일보》로 등단. 시집『거미』『가뜬한 잠』『자두나무 정류장』등.

박소란 2009년《문학수첩》으로 등단. 시집『심장에 가까운 말』.

박소영 2008년《시로여는세상》으로 등단. 시집『나날의 그물을 꿰매다』『사과의 아침』.

박 준 2008년《실천문학》으로 등단. 시집『당신의 이름을 지어다가 며칠은 먹었다』.

박찬세 2009년《실천문학》으로 등단.

박 철 1987년『창비1987』로 작품 활동 시작. 시집『김포행 막차』『밤거리의 갑과 을』『낮은 산』등.

박형준 1991년 《한국일보》로 등단. 시집『나는 이제 소멸에 대해서 이야기하련다』『생각날 때마다 울었다』『불탄 집』등.

배교윤 2003년《문학과경계》로 등단. 시집『내 마음의 풍광』

백무산 1984년《민중시》로 작품 활동 시작. 시집『만국의 노동자여』『거대한 일상』『그 모든 가장자리』등.

서정원 1992년《심상》으로 등단. 시집『거미줄의 힘』『관찰법』

등.

서효인 2006년《시인세계》로 등단. 시집『소년 파르티잔 행동 지침』『백 년 동안의 세계대전』.

손택수 1998년《한국일보》로 등단. 시집『호랑이 발자국』『목 련 전차』『나무의 수사학』등.

송경동 2001년《내일을여는작가》,《실천문학》으로 작품 활동 시작. 시집『꿀잠』『사소한 물음에 답함』『나는 한국인 이 아니다』.

송진권 2004년《창작과비평》으로 등단. 시집『자라는 돌』, 동시 집『새 그리는 방법』.

송찬호 1987년《우리시대의문학》으로 작품 활동 시작. 시집『흙 은 사각형의 기억을 갖고 있다』『10년 동안의 빈 의자』 『분홍 나막신』등.

신경림 1956년《문학예술》로 작품 활동 시작. 시집『농무』『새 재』『가난한 사랑노래』『사진관집 이층』등.

신용목 2000년《작가세계》로 등단. 시집『그 바람을 다 걸어야 한다』『바람의 백만번째 어금니』『아무 날의 도시』.

신철규 2011년《조선일보》로 등단.

안도현 1984년《동아일보》로 등단. 시집『서울로 가는 전봉준』 『모닥불』『간절하게 참 철없이』등.

안미옥 2012년《동아일보》로 등단.

안상학 1988년《중앙일보》로 등단. 시집『그대 무사한가』『안 동소주』『그 사람은 돌아오고 나는 거기 없었네』등.

양문규 1989년《한국문학》으로 작품 활동 시작. 시집『벙어리 연가』『영국사에는 범종이 없다』『식량주의자』등.

유병록 2010년《동아일보》로 등단. 시집『목숨이 두근거릴 때 마다』.

유현아 2006년 전태일문학상으로 작품 활동 시작. 시집『아무나 회사원, 그밖에 여러분』.

윤석정 2005년《경향신문》으로 등단. 시집『오페라 미용실』.

이덕규 1998년《현대시학》으로 등단. 시집『다국적 구름공장 안을 엿보다』『밥그릇 경전』『놈이었습니다』등.

이병초 1998년《시안》으로 등단. 시집『살구꽃 피고』『까치독 사』등.

이상국 1976년《심상》으로 작품 활동 시작. 시집『우리는 읍 으로 간다』『집은 아직 따뜻하다』『달은 아직 그 달이 다』등.

이시영 1969년《중앙일보》로 등단. 시집『만월』『바람 속으로』 『길은 멀다 친구여』『호야네 말』등.

이 안 1999년《실천문학》으로 등단. 시집『목마른 우물의 날 들』『치워라, 꽃!』, 동시집『고양이와 통한 날』등.

이영광 1998년《문예중앙》으로 등단. 시집『그늘과 사귀다』『나 무는 간다』등.

이용헌 2007년《내일을여는작가》로 등단. 시집『점자로 기록 한 천문서』.

이우성 2009년《한국일보》로 등단. 시집『나는 미남이 사는 나 라에서 왔다』.

이은봉 1984년 창비신작시집『마침내 시인이여』로 등단. 시집 『내 몸에는 달이 살고 있다』『봄바람, 은여우』등.

이재무 1983년《삶의문학》으로 등단. 시집『섣달 그믐』『온다 던 사람 오지 않고』『푸른 고집』등.

이정록 1993년《동아일보》로 등단. 시집『벌레의 집은 아늑하 다』『풋사과의 주름살』『눈에 넣어도 아프지 않은 것들 의 목록』등.

이종형 2004년《제주작가》로 등단. 공동시집『곶자왈 바람 속 에 묻다』.

이진명 1990년 《작가세계》로 등단. 시집 『밤에 용서라는 말을 들었다』『세워진 사람』등.

이하석 1971년 《현대시학》으로 등단. 시집 『투명한 속』『김씨의 옆얼굴』『우리 낯선 사람들』『측백나무 울타리』『연애 간(間)』『천둥의 뿌리』등.

이현호 2007년 《현대시》로 등단. 시집 『라이터 좀 빌립시다』.

임경섭 2008년 중앙신인문학상으로 등단. 시집 『죄책감』.

장석남 1987년 《경향신문》으로 등단. 시집 『새떼들에게로의 망명』『지금은 간신히 아무도 그립지 않을 무렵』『고요는 도망가지 말아라』등.

장석주 1975년 《월간문학》, 1979년 《조선일보》로 등단. 시집 『오랫동안』『일요일과 나쁜 날씨』등.

정　양 1968년 《대한일보》로 등단. 시집 『까마귀 떼』『살아있는 것들의 무게』『길을 잃고 싶을 때가 많았다』『헛디디며 헛짚으며』등.

정영효 2009년 《서울신문》로 등단. 시집 『계속 열리는 믿음』.

정우영 1989년 《민중시》로 작품 활동 시작. 시집 『마른 것들은 제 속으로 젖는다』『살구꽃 그림자』등.

정훈교 2010년 《사람의문학》으로 등단. 시집 『또 하나의 입술』.

정희성 1970년 《동아일보》로 등단. 시집 『답청』『저문 강에 삽을 씻고』『돌아다보면 문득』『그리운 나무』등.

조연호 1994년 《한국일보》로 등단. 시집 『암흑향』『농경시』『천문』『저녁의 기원』『죽음에 이르는 계절』등.

조진태 1984년 《민중시》로 작품 활동 시작. 시집 『다시, 새벽길』『희망은 왔다』.

진은영 2000년 《문학과사회》로 등단. 시집 『일곱 개의 단어로 된 사전』『우리는 매일매일』『훔쳐가는 노래』.

채상우 2003년 《시작》으로 등단. 시집으로 『멜랑콜리』『리튬』.

천수호 2003년 《조선일보》로 등단. 시집 『아주 붉은 현기증』 『우울은 허밍』.

천양희 1965년 《현대문학》으로 등단. 시집 『마음의 수수밭』 『오래된 골목』 『너무 많은 입』 등.

최세운 2014년 《현대시》로 등단.

최영철 1986년 《한국일보》로 등단. 시집 『금정산을 보냈다』 『찔러본다』 『호루라기』 『그림자 호수』 『일광욕하는 가구』 등.

최종천 1986년 《세계의문학》, 1988년 《현대시학》으로 등단. 시집 『눈물은 푸르다』 『나의 밥그릇이 빛난다』 『고양이의 마술』 등.

최지인 2013년 《세계의문학》으로 등단.

최현우 2014년 《조선일보》로 등단.

함기석 1992년 《작가세계》로 등단. 시집 『국어선생은 달팽이』 『착란의 돌』 『뽈랑 공원』 『오렌지 기하학』 『힐베르트 고양이 제로』 등.

함민복 1988년 《세계의문학》으로 등단. 시집 『말랑말랑한 힘』 『모든 경계에는 꽃이 핀다』 등.

함순례 1993년 《시와사회》로 등단. 시집 『뜨거운 발』 『혹시나』.

허은실 2010년 《실천문학》으로 등단. 시집 『나는 잠깐 설웁다』.

황규관 1993년 전태일문학상으로 작품 활동 시작. 시집 『패배는 나의 힘』 『태풍을 기다리는 시간』 『정오가 온다』.

황인숙 1984년 《경향신문》으로 등단. 시집 『새는 하늘을 자유롭게 풀어놓고』 『나의 침울한, 소중한 이여』 『리스본行 야간열차』 등.

황인찬 2010년 《현대문학》으로 등단. 시집 『구관조 씻기기』 『희지의 세계』.

검은 시의 목록

2017년 1월 26일 1판 1쇄 찍음
2018년 12월 26일 1판 4쇄 펴냄

지은이 | 신경림 외 98명
엮은이 | 안도현
펴낸이 | 김성규
책임편집 | 김사이
북디자인 | 이용헌

펴낸곳 | 걷는사람
주소 | 서울 마포구 월드컵로 16길 51
전화 | 031-901-2602
등록 | 2016년 11월 18일 제25100-2016-000083호

ISBN 979-11-85260-12-9 03810

* 이 책 내용의 전부 또는 일부를 재사용하려면 반드시 지은이와
  출판사의 동의를 얻어야 합니다.
* 잘못된 책은 교환해드립니다.
* 이 책의 국립중앙도서관 출판시도서목록(CIP)은 e-CIP홈페이지
  (http://www.nl.go.kr/ecip)와 국가자료공동목록시스템(http://
  www.nl.go.kr/kolisnet)에서 이용할 수 있습니다.(CIP20170102200)